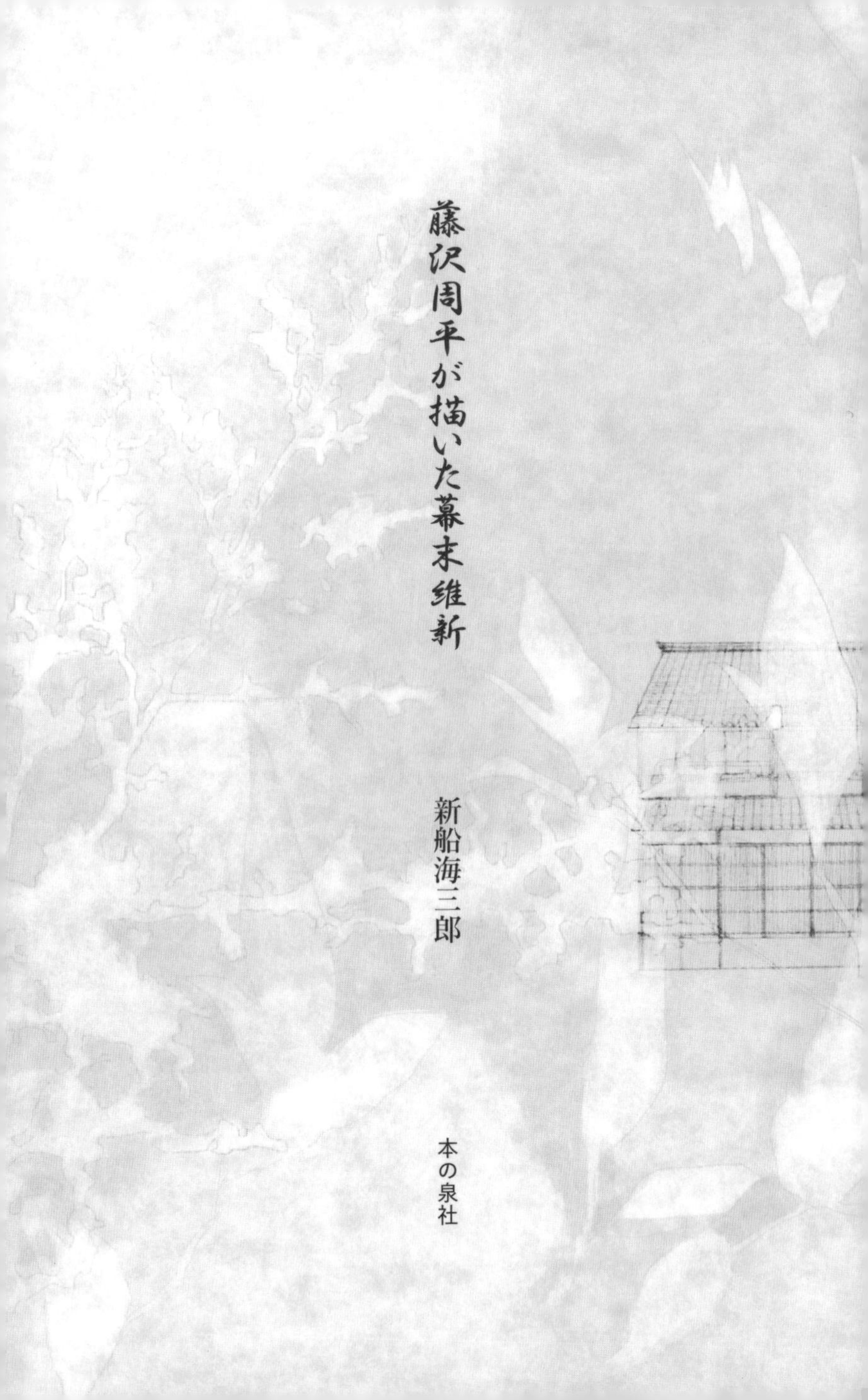

藤沢周平が描いた幕末維新

新船海三郎

本の泉社

カバー画・浅井夏来

藤沢周平が描いた幕末維新

目次

藤沢周平が描いた幕末維新

序に代えて

――山田洋次の時代劇三部作

時代は幕末、海坂藩

藤沢周平の小説は、映画・ドラマ化されたものが少なくない。テレビドラマは一九八〇年代に入って、吉永小百合主演の「こぬか雨」（TBS系）が最初のようだが、映画化は、山田洋次が手がけた。多くの読者を持つ藤沢作品だが、映画化の難しさから敬遠されていたのを、山田洋次が構想十年ののち、二〇〇二年から隔年で「たそがれ清兵衛」「隠し剣鬼ノ爪」「武士の一分」を発表した。

原作は、「たそがれ清兵衛」が「たそがれ清兵衛」「竹光始末」「祝い人助八」、「隠し剣鬼ノ爪」が「隠し剣鬼ノ爪」「雪明かり」、「武士の一分」が「盲目剣谺返し」である。

山田洋次の時代劇三部作といわれるこれらの作品は、主役の真田広之、永瀬正敏、木村拓哉もさることながら、宮沢りえ、松たか子、檀れいのヒロインがスクリーンを華やかなものにした。緒形拳や小林稔侍、また赤塚真人、神戸浩、笹野高史ら脇を固める山田映画の常連もたのしい。田中泯、小澤征悦、坂東三津五郎との立ちまわりも凄みがあり、なによりリアルである。

三部作は、いずれも出羽庄内地方、藤沢作品ではおなじみの海坂藩を舞台に、時代背景を幕末にとっている（「武士の一分」もそういわれるのだが、私には確証がない）。原作の藤沢作品とは違うその時代的な色づけは（「たそがれ清兵衛」の原作の一つ「竹光始末」が時代を江戸初期に設定していることをのぞけば、原作はほとんど時代を明確にはしていない）、山田洋次の映画に込めるもの——下級武士の悲哀と愛の絶ちがたさ、美しさ——をいっそう色濃くするうえで、大いに効果を高めている。

たとえば、たそがれ清兵衛こと井口清兵衛は、藩命で余呉善右衛門の討手に選ばれ、果たし合う。当日朝、朋輩飯沼の妹・朋江に身支度を頼む。朋江は清兵衛の幼なじみ。嫁入ったものの夫の暴力に絶えられず家に帰ってきていた。妻を亡くした清兵衛宅に来ては娘二人と心を通わせ、認知症の母親の面倒をみ、家事を助けていた。清兵衛はそうした朋江に、無事に帰ったら妻にと申し出るが、時遅く、朋江は嫁入りの返事をしたところだと言う。

死闘の末、家に帰ると、意外にも朋江が待っていた。二人はやがて結婚しむつまじく暮らすが、それもつかの間、清兵衛は戊辰戦争で薩長軍の鉄砲に撃たれて死ぬ。

御蔵方五十石、それも二十石は藩借り上げという最下級の平侍・清兵衛は、「運命」などという訳のわからないものに翻弄されつづけるのである。たった一度、清兵衛は「運命」に逆らってみた。飯沼家四百石と五十石、上士と平侍という身分の、人間としての愛を阻む理不尽な壁を、意を決して乗り越えてみた。機を逸したかにみえたそれは、その意志に応えた朋江の賢明さに救われ、封建の壁を破る個人の意志――それは、音を立てて近寄ってきた近代といってもいいと思われる――が、いかに人間を幸せにするかを語るかに思えた。

映画「たそがれ清兵衛」は、人が生きるうえで何が大事かを語ってあまりある。

しかし、山田洋次が見ているのは、にもかかわらずその成就を許さない「時代」というものである。清兵衛はどこまでも海坂藩の藩士であり、そうである以上、徳川と運命をともにする藩命に逆らうことはできず、剣の達人といえども近代武器には勝てなかったのである。そのことをナレーションで入れながら、人が幸せになるには、大きな枠組み、社会・国家のありようを根本に問いかけてこそ、というもう一つのテーマを観客に印象づけていく。

その点、「隠し剣鬼ノ爪」の主人公・片桐宗蔵は、討ち果たしたのち碌を返上して蝦夷地に、きえ（宗蔵の家に奉公し、商家に嫁入ったがいじめられ重い病に倒れていたところを宗蔵に救われる）と一緒に向かおうとする結末になっていて、どこまでも道を切り開いていこうとする意志を伝えるものになっている。

悲しみや不幸、巡り合わせの悪さなどというものは、人智の及ぼし方で変えることが出来るのだということをつたえようとする、巧みな趣向と言っていいだろう。

「改革派」を斬った清兵衛、宗蔵

ところで、「たそがれ清兵衛」も「隠し剣鬼ノ爪」も、主人公の清兵衛と宗蔵が死闘を演じる余呉善右衛門、狭間弥市郎は「改革派」である。そのことを、はたしてどれくらいの人が気に留めているだろうか。

清兵衛が討手に選ばれたのは、十二代藩主忠智が麻疹で急死し、跡目争いを江戸家老堀将監一派が制して一挙に権力を握ったことから起こった。開明的で、譜代といえども徳川とは距離を置こうとしていた先君を押し立てていた改革派を一掃する。幕府目付に知られぬよう、家老の長谷川志摩以下関係者の処分は済んだが、一人、上役の志摩に郎等として忠誠を尽くしただけなのになぜ切腹しなければならぬのかと、藩一の剣の使い手で馬廻組の余呉善右衛門が屋敷に立て籠もった。

余呉の屋敷に出向いた清兵衛に、余呉は逃げると言う。

「あの山を越せばもう藩外、追ってはやってこん。……世の中は変わる。侍の時代などおしまいだ」

そう言いながら、善右衛門はかつての浪々の日を語り、海坂藩に仕官がかない、辛労の果てに死去した妻の葬儀への過分なねぎらいなど、志摩にずいぶんとかわいがられたと話す。おぬしも五十石では難儀だろうと言われて清兵衛はつい、妻の葬儀をまかなう金がなく、父から譲り受けた刀を売ってしまったこと、腰にあるのは竹光だと打ち明ける。余呉の目の色、顔つきが変わる。竹光でわしを斬る気かと打ちかかってくる余呉との死闘が始まる。

余呉が「改革派」としてどこまで自覚的であったかはわからない。短い台詞の隙間に、「侍の時代」がほどなく終わることは見えていたようにうかがえる。しかし、彼を立て籠もりにまで走らせたのは、家老、つまり、落魄の身を救い、面倒をみてくれた上役への忠誠である。

彼もまた武士の世の論理と倫理に生きている。時代の先が見えていても、そのようにしか生きられない者と、いくら討手になることを拒んでも藩命には逆らえずに出向いた者。身分という理不尽が決闘などせずともよい二人に命を投げ出させる。清兵衛が失敗すればまた新たな討手が差し向けられるだろう。そのような上役たちの会話も点描されている。権力者というものは、末端下級の者の命などいかほども思ってはいない。

山田時代劇「たそがれ清兵衛」が問うのはそのことである。

その悲哀のなかに生きざるを得ないから、清兵衛が娘に語って聞かせる次のような台詞が生きてくる。

行灯の明かりを頼りに虫籠づくりの内職に励む清兵衛のかたわらで、六歳になる長女の萱野が裁縫の稽古で雑巾刺しをしながら論語の素読をしている場面である。萱野が、針仕事が上手になれば着物や浴衣が縫えるようになるが、学問は何の役に立つか、と聞く。清兵衛はしばらく考えたのちに言う。

いいか、萱野、学問せば自分の頭で考えることが出来るようになる。自分の頭でものを考えれば、知りてことがたくさん出てくる。それを一つ一つ考えてわかっていくと、お前は豊かな人間になれる。この先世の中どう変わっても、考える力を持っていれば何とかして生きていくことが出来る。これは男も女も同じことだ。

清兵衛もまた時代が変わろうとしていることを感じている。兵式が変わり近代軍隊としての訓練も始まっている。そのなかで清兵衛は、その移りゆきの先がどうなるのか、藩＝国はこのままなのか、身分はいつまでも続くのか……大きく、多いそれらの問いにどう答えればよいのか、考えている。下級の平侍が何ものにもしばられないで答えを見つけるには、「知識」がいる。「学問」がいる。

萱野への答えは、生活に追われて論語一つひもとく暇のない我が身に言いきかせる言葉でもあろう。

その点、映画「隠し剣鬼ノ爪」は違っている。主人公・片桐宗蔵が武士の身分を捨てて蝦夷地へ愛する人とともに新しく出発する、というラストシーンだけではない。彼は、彼に藩命として討手を命じた封建制の象徴ともいえる家老を、城中で刺殺する。かつては百石あったとはいえ、いまは三十石の下士である。武家社会で、下級の者が上級者に抗うばかりか命まで狙うなど、あってはならないことである。

封建制の秩序は、人間相互の対等の関係で成立していない。士農工商はもとより、士分といっても上士と下士、大身と平侍、侍と徒士などと呼ばれる身分差はあり、足軽・手代はさらに下に来る。下の者が上をうかがい、逆転が許されると、封建の秩序は壊れる。中・下の者が上にあがって藩政に関与するなどのことは、およそ一代限りのことであり、幕末の混乱期においてさえそのような措置のところが多かった。

いうならば、宗蔵は自らの手で、修練した剣技を使って、この封建の論理と倫理を崩して見せたのである。もちろん、それで藩政が崩れたわけではない。が、宗蔵のなかで、護るべきものが封建の秩序ではなくなった。だからこそ、宗蔵は武士を捨てるのである。

宗蔵が果たし合った狭間弥市郎は、島田左門（宗蔵の妹の夫）とともに三人、剣道場の同門として親しくしていた。狷介なところのある狭間は、しかし時代の動きに敏感だった。幕府の改革派とひそかに通じていたが、それを家老に通報され、謀反の罪で郷入り、山中の番小屋に投獄されたのだった。

宗蔵は藩上層から呼び出しを受け、狭間と親しかった者の名をあげるよう強要されるが拒否する。知らないと言い、仮に知っていても名前を言うようなことはできぬ、そういうことは武士のすべきことではないと教わった、と藩校・致道館の名を出して拒否する。下の者は下の者で、上役を黙らせる方法を知っている。が、狭間を生かして改革派全員の処断を狙う家老は機嫌が悪い。宗蔵との関係は悪くなる。

そこへ、狭間が牢を破り、人質を取って農家に立て籠もったことが伝えられ、宗蔵は討手を命じられる。昔の仲間は斬れないと拒否するが、それを押し通す術がない。藩命なら仕方がないと承諾する。お家を護るのは藩士の最大の務めである。

討ち取りに出かける前夜、狭間の妻が宗蔵宅を訪れ、狭間を逃がしてくれと頼む。宗蔵が断ると、これから家老の家へ行って助命を頼むと言う。宗蔵は、あの人を信用してはいけないと止めるが、聞きそうにない。

狭間は、討手が宗蔵であることを望んでいた。狭間は、剣技では上をいった自分にでなく、師範が宗蔵に秘剣「鬼ノ爪」を伝授したことを恨み、それを破る工夫を考えに考え、ついに出来たと言う。が、秘剣は狭間が想像したものではなかった。

狭間の激しい打ち込みを躱した宗蔵は、正眼に構えた刀をすーっと下段に下ろす。反射的に狭間は刀を振り上げて出る。その瞬間、宗蔵はくるりと体を一回転させ、怪訝な思いで打ちかかってきた狭間の胴を逆袈裟に刀を返した。卑怯と思われるが勝つにはこれしかないと師範が教えてくれた手法だった。傷を負った狭間が再び八双に構えて前に出ようとしたとき、轟然と銃の音がし、狭間が射殺される。

大声で射撃を止めた宗蔵は、狭間に駆けより、涙ながらに「鉄砲などで死ぬなは悔しいだろうのう」と声をかける。封建を打開し新しい世をと奔走した狭間は、藩制を墨守する者の手で、あろうことか近代兵器によって殺される。それもまた、藩士の果てといえた。

死闘を終えての帰り道、狭間の妻が待ち受ける。家老から殺すのをやめるよう命令はいかなかったかと聞く彼女に、本当に家老の家へ行ったのか、家老は狭間を助けると言ったのだな、と念を押す。翌朝、狭間の妻は自害する。

後日、呼び出された料亭で、夫の命乞いに来た妻の体を弄んだことを家老の口から確めた宗蔵は、意を決して城内の廊下で家老が通るのを待つ。宗蔵は、「秘剣鬼の爪」を使って刺殺する。遺体を診た医師は、傷はわかるがなぜ血も出さずにこのようなことができるのか、分からぬ。人間ではなく、何か別の者によって与えられた傷か……と首をかしげるばかりであった。

激動の世にも変わらない人間

幕末に時代を借りた二つの作品ながら、「たそがれ清兵衛」はあくまで封建の枠を生ききらせてその悲劇を問い、「隠し剣鬼ノ爪」は封建の抑圧から脱却する意志を問いかけた。そして、そのいずれにおいても愛が自在であることを映像世界に刻印した。人間を身分や家に縛りつけてきた封建の世の、音を立てて崩れる時代にしか、その愛のリアリティが描けなかったからだろう。

山田洋次が藤沢周平の作品を映像世界に転じるとき、時代を幕末にとったのは慧眼と言うほかない。藤沢周平の小説群は、時代が特定されるものを別とすれば、多くは文化・文政期以降、つまり、封建から近代へと移り変わろうとする時代を背景に描かれていると思うからである。

「私はこれまで文化、文政、天保という時代を設定したものを書いてきているが、『囮』という市井ものを書いたとき、……」(「歴史のわからなさ」)と藤沢周平は書いたことがある。「囮」は一九七一年末頃の発表だから、初期作品のほとんどは時代を幕末期にとっているのだろう。が、一方でこうも述べている。

一見すると時代の流れの中で、人間もどんどん変るかにみえる。たしかに時代は、人間の考え方に変化を強いる。たとえば企業と社員、嫁と姑、親と子といった関係も、昔のままではあり得ない。

だが人間の内部、本音ということになると、むしろ何も変わっていないというのが真相だろう。どんな時代にも、親は子を気づかわざるを得ないし、男女は相ひかれる。景気がいい隣人に対する嫉妬は昔もいまもあるし、無理解な上役に対する憎しみは、江戸城中でもあったことである。

　小説を書くということはこういう人間の根底にあるものに問いかけ、人間とはこういうものかと、仮に答えを出す作業であろう。時代小説で、今日的状況をすべて掬《すく》い上げることは無理だが、そういう小説本来の働きという点では、現代小説を書く場合と少しも変るところがない、と私は考えている。

（「時代小説の可能性」、『周平独言』《中公文庫》所収）


　藤沢周平が亡くなってやがて二十年になろうとするが、なお文庫本は版をかさね、読者に愛され読まれ続けるのは、初期から持ち続けるこうした作家の意思が、作品世界の底にたしかに流れているからだろう。変わらない人間の、その人間とは何ものなのか、どういう存在なのか——時代の激動、変転、また崩れゆくなかに人をおいてみるとき、それはいっそう切実なテーマになってくる。

　藤沢周平が幕末維新の時代に生きた人々をどう描いたのかを探ってみようと思ったのは、そのあたりから来ている。さいわい、藤沢周平には小林一茶、清河八郎、雲井龍雄という実在する人物を描いたものをはじめ、郷里・荘内の領地替えをめぐる幕府中枢との対立、そして、市井の人と暮らしに材を得たものなど、幕末維新期を背景にした歴史・時代小説が、少ないながら佳篇がそろっている。それらを読み解きながら、大変動・変革期に人は何を求め、どのように動こうとしたのか、を考えてみたい。戦後史上、最大の危機ともいえる現代であるだけに、その思いはつよい。

幕末の時代は通常、ペリー来航の嘉永六（一八五三）年あたりからを考えるが、文学としてはもう少し長いレンジで考えてみたいと思い、藤沢作品では『一茶』をはじめにとりあげることにした。蕪村の天明調に対して化政調とも評された一茶の句には、すでに「夕立や樹下石上の小役人」とか「春雨や侍二人犬の供」など（いずれも文政期）、無意識の描写のうちにもリアルな視線が延び、支配者である武士をどことなく軽んじる句が少なからずみられるからである。句を詠んだのは一茶だが、視線は庶民のそれである。幕藩体制のきしみや罅《ひび》を、彼らは何とはない気配に、あるいは現実に、感じとっていたのである。

〈庶民のリズム〉に崩壊の予兆

――『一茶』

暗さからの脱却

「貧乏句が多くなった」――一茶が夏目成美にこういわれたのは文化五年、一茶四十三歳のころである。成美は岩間乙二、鈴木道彦とともに寛政三大家、また大島完来、鈴木道彦、建部巣兆とならんで江戸四大家と称された俳諧師。本業は蔵前の札差で、六代目井筒屋八郎右衛門という富商だった。隠居後は儀右衛門を名のった。

一茶こと小林弥太郎が故郷の信濃国水内郡柏原村（現長野県上水内郡信濃町）を出て江戸に向かったのは十五歳のときだった。柏原では中の上くらいの本百姓の長男だった弥太郎が家を出なければならなかったのは、義母との折り合いの悪さからだった。田仕事になじまない長男は何かと義母と衝突し、ついに父弥五兵衛に見送られ、江戸へ出る商人に同道して出立したのだった。

それにしても、江戸へ出て暮らしを成り立たせる職につき、また腕に技をつけるには、十五という歳は遅すぎた。商家の口を見つけても長続きせず、ふとしたことから俳諧に手を染めた。といっても、初めは賭け事としてだった。やがて夏目成美を知り、二十歳過ぎのころから庇護を受け、食事を賄ってもらい、留守番や仏画の手入れを手伝うようになった。小林竹阿（二六庵竹阿）に師事し本格的に俳諧の道をすすむのは二十五からだった。

藤沢周平は、成美と対面した一茶の思いを次のように描いている。成美は右足が不自由だったが、初対面の一茶の前でもそれを隠さなかった。一茶はその姿に度肝を抜かれたが、「やがてそれは静かに心をゆさぶってきた」。

――人はあのように生きるべきなのだ。

貧しさも泥くささも、隠すことはないと、成美の踊るようだった身体が言ったような気がした。

俳諧師になりたいなどと言ってきた男が、じつは信濃の百姓に過ぎないことを、成美はいち早く見抜いたに違いなかった。蔑《さげす》まれないのが不思議だったが、そのわけが呑みこめたように思った。好きなら、なればいいと成美は考えているのだ。

一茶は、成美に無言の励ましを受け、俳諧師をめざす。が、道ははるかに険しかった。

葛飾派に名を連ね、少し名が知られても暮らしはたち行かなかった。日銭を稼ぐのに土方、人夫仕事をし、折りを見ては上総、下総の同好の士を訪ねては句会などを開き金を集めた。故郷にも俳諧師として帰り、江戸の宗匠と崇められたが、内情は寂しいものだった。

三十になって、西国行脚に出かけた。京、大坂、さらに四国讃岐、松山と人を訪ねて歩いた。七年ぶりに葛飾派の句会に顔を出したが、そこは戻っていく場所ではなかった。

——しかし、三十六だ。

不意に一茶はそう思った。思わず立ちどまろうとして、一茶はあたりを見回した。道は諏訪町にかかっていて、足は間違いなく宿をとってある浅草八幡町にむいていた。

高名の俳讃師をめざすのはよい。葛飾派を離れるのもよい。が、さて、どこへ行くのだ、と一茶は思った。風に吹かれて師走の町を歩いているのは、住む家も妻子も持たない三十六の男だった。高名の望みは胸の中にあるだけで、そのかけらさえ、手に握っているわけではなかった。

三十六、間もなく四十、やがて五十……。さて、どこへ行くのだ。何ほどかのことをなし得るのか……。一茶の胸中に吹く風は、まるで、藤沢周平の思いを語るようである。

小説「一茶」は一九七七年、『別冊文藝春秋』(一三九〜一四二号)に連載された。「暗殺の年輪」で直木賞を受賞し、作家に専業してすでに二年余、藤沢周平の名は時代小説の名手として知られるようになっていた。同時期に「春秋山伏記」「回天の門」を連載し、前年からつづく「橋ものがたり」「用心棒日月抄」も書き継ぐという、時代小説作家の最前線に躍り出ようとしていた。

が、藤沢周平の胸中には複雑なものがあった。初期の、人生の怨念をぶつけるようにして書いていたことから脱するのはいいとしても、さて、どこへ向かえばいいのか。手探りの模索をしていた。一つは、作品に漂う「暗さ」からの脱出、もう一つは芸術文学と大衆文学との葛藤だった。

前者の問題は、エッセイ「転機の作物」(『小説の周辺』《文春文庫》所収)でふり返っている。

読者を意識するようになると、自分の書くものに、大衆小説の面白さの大切な用件である明るさと救いが欠けていることに気づいた。鬱屈だけをうたうのではなく、救済された自分もうたうべきであり、それが読者に対して誠実なあり方だと、「職業作家として物語に向かう決心をつけた」のである。しかし、それが表現とどう結びつくのか皆目分からず、危ない橋を渡っていたが、やがて、ごく自然なかたちでそれが書くもののなかに入ってきた。それはユーモアの要素で、「用心棒日月抄」あたりからだったたという。

藤沢周平が負のロマンから正のロマンへの転機の作物と位置づける「用心棒日月抄」の第一作は、「犬を飼う女」である。北国の小藩で馬廻り組百石の藩士だった青江又八郎は、藩主毒殺の密議を偶然聞き、そのことを許嫁の父でもある徒目付に告げるが逆に斬りかかられ、やむなく討って出奔し江戸へ出てくる。暮らしのためにはじめて口入れ屋・相模屋をたずねた場面から始まる。

人体、素性、希望、特技などをたしかめた相模屋の吉蔵は、旗本の中間、但馬出石藩の足軽、旗本屋敷の普請手伝い……と帳面を見ながら読みあげる。神田永富町本田様の道場稽古の手伝い、と言ったとたん、「その口をおれがもらおう」と、又八郎のうしろにいた常連の細谷という浪人が言って出て行った。江戸は油断がならない、と又八郎は思う。細谷が五人の子持ちと聞いて、「それでは止むを得んな」とつぶやく。国を出奔するとき持って出たカネが尽きかけているのに、まだまだ甘い浪人である。

「しかし、どうなさいます?」「あとは犬の番しか残っていませんが」

又八郎の感傷を吹き飛ばすように、吉蔵の声が無慈悲にひびく。

藤沢周平の作品に自然な流れで入ってきたユーモアは、ただおもしろおかしいというものではない。日々の暮らしという厄介なものに貼りつく、世のありようとふかく関わっている。それが、ごく常識的な日常と多少ずれ、落差が生じ、何とはない違和感からにじみ出てくる。犬公方と呼ばれた綱吉の時代でなければ、犬の番など仕事として成立はしない。「番犬」という言葉はあっても「犬番人」がないように、それはおよそ常識的ではない。にもかかわらずそれを仕事として成立させている時代がある。

藤沢周平のユーモアは、この倒錯した政治に対する批評でもある。ユーモアの語源がヒューマンと関わっているかどうかは判然としないが、藤沢周平作品にしのび入ってきたユーモアは、どこまでも生活者へのあたたかいまなざしのものであった。

膨大な駄句に詩人の光

藤沢周平の胸中をおだやかにさせないもう一つの問題——芸術文学と大衆文学の葛藤——は、結論を先にいえば、小林一茶を発見することによって乗りこえたと私は見ている。一茶のなかに同居し、不思議に成立した、俗でありつつそれを突きぬけてみごとに詩人であったことの発見である。

藤沢周平が一茶に出会ったのは一九五〇年代なかば、肺結核の身を厭うていた療養時代である。山形師範学校時代に同人誌『砕氷船』に加わり、教職に就いたときにはそれを引きついだ『プレリュウド』を発行した藤沢周平にとって、文学への初発の意志は芸術文学へのそれであった。しかし、病が癒えて郷里へ再就職を求めるも拒否され、結婚し生活が安定したのもつかの間、長女の誕生からほどなく妻を亡くすという事態に遭遇したとき、藤沢周平はめぐっては返ってくる身の悲運を恨み、はき出すように小説を書こうとした。が、幼な子を抱えて暮らしに追われ、病後の身を削って挑むには、自分のなかにある芸術文学の壁は厚く高かった。

だから易きについた、とはいわない。胸中のものをはき出すのに一番ふさわしい小説のかたちを見つけ、懸命に綴った。故郷を追われた無宿者やアウトローが主人公になった。藤沢周平の名がいくらか知られるようになった「溟い海」（直木賞候補）でさえ、北斎はやくざな絵描きであり、広重の静謐を生み出したのは人生への底知れない絶望だった、と描いた。

暗さは、読者を得てくると徐々に薄れていったが、わだかまりは増した。

藤沢周平に「一茶という人」（『周平独言』《中公文庫》所収）と題したエッセイがある。結核の療養中に俳句にいそしんだという話をしたあと、俳句関係の読書量も増えたが、なかに、小林一茶に関する「驚倒すべき文章」があったと打ち明ける。それまで、一茶といえば「痩蛙まけるな一茶是にあり」とか「やれ打つな蝿が手を摺り足をする」という句に示された、善良な眼を持ち、小動物にもやさしい心配りを忘れない、多少滑稽な句を作る俳諧師という姿だったのが、みじんに砕かれたと綴った。

一茶は義弟との遺産争いにしのぎをけずり、あくどい手段まで使ってついに財産をきっちり半分取り上げ、また、五十を過ぎてもらった若妻と荒淫ともいえる夜々を過ごす老人であり、句のなかに悪態と自嘲を交互に吐き出さずにいられない、拗ね者の俳人だった。

藤沢周平はあっけにとられたが、あるおかしさと親しみも感じた。気持のなかに一茶が入り込んでくるのを感じた。やがて、少しずつ一茶の伝記や俳句を読むようになり、ゆっくりと価値の再転換が起きてきた。

一茶はあるときは欲望をむき出しにして恥じない俗物だった。貧しくあわれな暮らしもしたが、その貧しさを句の中で誇張してみせ、また自分のみにくさをかばう自己弁護も忘れない、したたかな人間でもあった。だがその彼は、またまぎれもない詩人だったのである。

俗物が、どうして俗物のまま詩人であり得るのか――藤沢周平は、自分が文学に求めるもの、あるいは自分の考える文学というものと、読者が期待するおもしろさとの乖離を思っていた。自分の書いたものが少しずつ少しずつ、読者を広げていけばいくほど、そのことを思わずにはいられなかった。自分の書くものが、「時代小説の形をとった私小説」の色合いが濃ければ濃いほど、おもしろく、読者に楽しんでもらうものを書くことにためらいもあった。

藤沢周平のなかに一茶がふくらんできたのはそういう時期だった。

青江又八郎に生活という重石をぶら下げるのはよい。おもしろさというものが、そこから遊離してはありえない以上、そのこころみは新しいものを見つけるだろう。剣も商いも生活というものがあってのことである。しかし、では芸術は？　文学は？　生活があってのちのことなのか。藤沢周平が小説「一茶」でこころみたのは、その答えを求めての旅だった。

藤沢周平は「一茶という人」で、二万句に近い一茶の句の大半は凡句、駄句かも知れないが、しかし、と次のように言う。

しかし、この膨大な駄句の集積の中に、一茶を一茶たらしめ、かつ詩人たらしめて光を放つ句があることも否定できないのだ。たとえば、

木がらしや地びたに暮るゝ辻諷ひ

という句をあげよう。また、

霜がれや鍋の墨かく小傾城

という句をあげよう。

地びたに暮るる、とよむとき、一茶の眼は辻諷いと一緒に、町行く人を足もとから見上げるかのようである。一茶以前に、こういうロー・アングルの場所に視点をおいて句を作った作者を私は知らない。「霜がれや」の句も、たとえば芭蕉の、

ひとつ家に遊女も寝たり萩と月

あるいは其角の、

小傾城行てなぶらん年の昏

とならべれば、一茶の、人生の底辺に生きる人間へのよりそい方がわかるであろう。あるいは、

麦秋や子を負ひながら鰯売

とよむときも、一茶の眼は日ごろの軽躁をひそめて、沈痛に人生そのものを凝視しているように思われる。

美しい句もある。

うつくしや障子の穴の天の川

霞む日や夕山かげの飴の笛

山焼くや夜は美しき信濃川

こういう句に俗人一茶をかさねあわせてみるとき、一茶は一個の謎、つまり人間の不思議さを思わせる存在としてうかび上がってくるようである。

…（略）…一茶には、およそ詩人の高雅さとはかけはなれた俗物の一面がある。その俗人がこういう美しい句を吐き出す不思議、あるいはこういう句を作る人間が、かくも俗物であることの不思議さを思わずにはいられない。

もっとも一茶は自分を飾らなかった。俗物であることを隠さなかった。喰わんがため、安住の土地を得るためには恥も外聞もなく振舞った。その強烈な自我の主張というものこそ詩人の条件であり、一茶の句を取り澄ました俗っぽさから救ったのだとも言える。一茶には、俗から出てあやうく俗を突きぬけたところがある。

俗から出て俗を突きぬける、その謎と不思議——一茶を探ることは、じつに、これからの藤沢文学のすすみ方を探ることでもあったのだった。

貧乏句の背景、百万都市江戸

しかし、一茶の貧乏句を一茶にだけ責めを負わせるのは酷である。

この時期、江戸は百万都市と称される形を整えつつあった。荻生徂徠が「江戸は諸国の掃き溜め」（『政談』）とのべたように、諸国から人や物が流入し、貨幣経済が発達して一大消費地が形成されていった。ややのちの統計になるが、天保十四（一八四三）年七月の江戸町人人口五十五万三千余人のうち他所出生の者は十六万五千余で、約三〇％にのぼっている。それ以外に出稼ぎ人が三万四千余人（町人人口比で約六％）いる（幸田成友「江戸の町人の人口」）。百万と称されるのは武家人口等を含めたもので、同時期、ロンドンは八十六万、北京九十万、パリ五十四万、ニューヨーク六万人と推定されている。

この他所出生者や出稼ぎ人の多くを、信濃国の百姓たちが占めた。『俳風柳多留』にも、

「食イぬいてこよふと信濃国を立チ」(明和七＝一七七〇年)、「一ケ国一ト冬えどでくつて居る」(天明八＝一七八八年)、「雪ふれば椋鳥江戸へ食ひに出る」(文政六＝一八二三年)と詠まれたことが紹介されている。椋鳥とは、江戸っ子が大食いの信州人をたとえたのだが、それほど彼らは大食漢だった。いや、食わねば体が持たなかった。

あるいは、江戸に信濃国の人間が集まりだしたのは、もう少し早いのかもしれない。飯嶋和一「雷電本記」に次のような叙述がある。

天明に年号が変る頃からうち続いた寒い夏による凶作、それに追い討ちをかけて天明三年、浅間山が大爆発を起こした。まさに未曾有の大災害で食う物もなく、上州から信州一帯に大規模な一揆が起こり、まずそれに敗れた人々が江戸へ流れて来た。幕府諸藩ともども困窮する民には何らの手だてもなく、飢えとそれに伴う疫病に追われて、上信越一帯から人々は江戸へ出て来ざるをえなかった。日本橋や神田の裏通り、浅草、赤坂、芝周辺の裏店に、一つ軒で密集した一帯で、彼らは息をひそめて住み、その日の暮しに追われていた。一日働いても米三合も買えぬほど物の値は上がり、江戸市中の七割ほどの者が借地店借りで、相も変らず暮しは悪くなるばかりだった。どんなきっかけであれ、一つ火がつけば、また天明七年未《ひつじ》年の大規模な打ちこわしに比する騒乱がひき起こされるに違いなかった。町方による徹底した無宿人狩りと、江戸市中の上中層の民にそれまでの農閑期にひと稼ぎでやってくる人々の出身地を示す語とは明らかに異なる響きで「シナノモノ」「ジョウシュウモノ」なる奇妙な語が流布したのは、ほとんど同じ時期だった。

これによれば、信濃国から江戸へ流れてきた者たちは当初、胡乱の目で見られたようである。が、シナノモノから椋鳥へ、江戸経済の支え手として不可欠の存在になるのにそう時間はかからなかったようである。

そのあたりの背景を、青木美智男『小林一茶　時代を詠んだ俳諧師』(岩波新書)が説明してくれている。

信州人たちが穫り入れを終えた田をあとにして江戸にのぼってくるころ、江戸の町は騒々しくにぎわった。各地から年貢米が運び込まれ、ほどなく上方から新酒がとどく。一茶が貧窮にあえいでいた文化三年には、米価の下落を抑えるために酒造制限令の撤廃と自由売買を奨励する「勝手作り令」が出され、百万樽もの清酒が千石船に積み込まれて江戸市場に入ってきた。新酒は、接岸できない千石船から茶船と呼ばれる小舟に移し替えられ、酒問屋のならぶ新川新堀へと運ばれてくる。

陸揚げされると荷ほどきもほどほどに町場の酒屋へ運ばれる。年貢米もまた、蔵前に搬入されたあと町場の米屋へと、膨大な人足が雲霞かアリのごとくにひしめき合って運搬する。なにより体力が求められ、そのために食った。大食漢になるのも無理はなかった。晩秋から年末の江戸恒例の光景とはいえ、その人足たちを常雇いするほどの余裕はない。江戸の町人たちも年末となればそれぞれに繁忙をきわめる。自然、江戸以外からその労働力を調達しなければならない。

一茶の句に「男なればぞ出代るやちいさい子」「五十里の江戸〈を〉出代る子ども哉」「あんな子や出代にやるおやもおや」というものがある。いずれも『文政句帖』文政六年の句である。出代とは春の季語。三月三日、江戸で年季奉公人が交代する日である。故郷柏原に強欲といわれながら住まいを確保した一茶が、新旧の奉公人でごった返す江戸のその日を思い浮かべ、その中に交じっているまだ小さい子どもを詠んだものである。

年末の出稼ぎが先だったか、奉公にあがるのが先だったかは定かでないが、中仙道から北国街道へとたどるその道は、佐渡で産出された金銀の移送や北国諸大名の参勤交代の道筋だった。また江戸との飛脚ルートとして、旅人も多く往来した。江戸は案外近くに存在し、それほどためらわずに出向くことが出来る感触だったろう。五十里という距離もそれを助けた。膨張する都市・江戸がとくに年末、人を求めれば、それにこたえて冬期稼ぎの集団移動がはじまるのであった。

しかし、町場のにぎわいも一茶には遠かった。

享和元（一八〇一）年、一茶三十九のとき父親が死ぬ。田畑、山林、家屋敷の半分を譲ると遺言してくれたが、義母、弟、親戚は取り合わない。以後十二年におよぶ遺産争いの始まりである。身も心も裂けちぎれて江戸に戻ってはみたものの、米櫃に米はない。貧はつのり、自嘲をかさね世を拗ねる。たちまち句にあらわれる。四十を過ぎて句が変わってきたことを成美がとがめる。

「貧乏句が多くなった」と言われるのはそのころである。藤沢周平は、ひたすら俳諧＝芸術の真と一茶の苦衷を対比していく。

「あなたが貧しいことは、天下にかくれもない事実でな。貧をうたう句が出てきても、いっこう不思議ではない。しかし以前の句は、つつましく哀れでしたな」

秋寒や行先々は人の家

成美は一茶が四年も前に作った句をおぼえていて、無造作にあげた。

「あのころは父御に死なれたあとで、秋雨やともしびうつる膝頭、冬桜家あるひとはとくかへるといった句が出来た。貧乏句は、こういう句と紛れて、目立たなかったですな」

「……」

「ところが、近ごろはぶしつけに貧しさを句にするようになりましたな。秋の風乞食は我を見くらぶる、梅が香やどなたが来ても欠茶碗、あるいはここにある……」

……（略）……成美は少し厳しい顔で一茶を見た。成美は驚くほど正確に一茶の句を諳《そら》んじていた。

「これを要するに、あなたはご自分の肉声を出してきたということでしょうな。中にかすかに信濃の百姓の地声がまじっている。そこのところが、じつに面白い」

成美は、句が面白いのは一茶の暮らしを知っているからで、一句独立して面白いかといえばそこまでいっていないと言って、自分は、炭くだく手の淋しさよかぼそさよ、深川や鍋すすぐ手も春の月、かすむ日や夕山かげの飴の笛、卯の花や水の明りになく蛙などが好みで、安心していい句だと言えるとつづける。

「言う意味はおわかりでしょう。高く心を悟りて俗に帰るべしという芭蕉の教えは、いまもわれわれ俳諧を志すもののお手本です。ここからどちらに傾いても、みなうまく行きませんでしたな。わたくしが安心できるというあなたの句には、はぼこの正風が生かされていると思う」

心に吹く別の風

が、一茶の心には別の風が吹いていた。成美の家を辞して帰ってきた夜、一茶は百姓の地声、と言った成美の言葉を思い返す。成美は一茶の句が変わってきたことを正確に指摘したが、なぜ変わったかまでは見抜けなかったと思った。それは、あの人が旦那だからだ、と一茶は思った。

旦那には、長屋のどぶ板をこっそりはずして薪にせざるをえない、そんな生活が江戸の町に横たわっていることはわからない。

一茶が生きた宝暦十三（一七六三）年から文政十（一八二七）年は、田沼時代から寛政の改革、そして化政時代と幕政が重農主義から重商主義、それを引き戻しての復古からまた華美爛熟・腐敗政治と、幕府財政の再建をはかっては崩れ、立て直そうとして失敗し、太平の世相を謳歌しているように見えながらその実、封建制の衰退が一段と深刻化した時期であった。

江戸の町がふくれあがり、貨幣経済がすすめばすすむほど、物が溢れ、農業も商業化し、貨幣価値は下がって貧富の格差を拡大した。文化元年から五年の間に約七〇％貨幣価値が下がったという統計もある（池田弥三郎編『江戸と上方』）。寛政の改革時には、幕府からくり返し江戸からの帰農令、物価引き下げ令が出されたが、ほとんど効果はなかった。政治にあずかる武士としてのあり方をきびしくしようとしたはずが、倹約は庶民にまで強要し、思想統制は極端になり、服装から芝居見物、あげくは食べ物にまで口うるさく規制が打ち出された。隠密を放って実施状況を監視させると、その隠密が正直に実行しているかを探索する、隠密の隠密を放つ始末だった。

その反動が化政期に爆発する。

一茶の胸中に、言いたいことがしだいしだいにふくらんできて堪られなくなったと感じたのが、二、三年前だった。江戸の隅に、日々の糧に困らないほどの暮らしを立てたいという小さなのぞみのために、一茶は長い間、言いたいこともじっと胸にしまい、まわりに気を遣い、頭をさげて過ごしてきたのだ。その辛抱が、胸の中にしまっておけないはどにたまっていた。

だが、もういいだろうと一茶は不意に思ったのだ。四十を過ぎたときである。のぞみが近づいてきたわけではなかった。若いころ、少し辛抱すればじきに手に入りそうに思えたそれは、むしろかたくなに遠ざかりつつあった。それならば言わせてもらってもいいだろう。何十年も我慢してきたのだ、と一茶は思ったのである。世間にも、自分自身にも言いたいことは山ほどあった。なかでも貧こそ滑稽で憎むべきものだった。それは長い間一茶をつかまえて、じっと放さなかったものだった。一茶が貧と、貧乏に取りつかれた自分を罵り嘲ることからはじめたのは当然だった。

一茶は自覚的ではなかったろうが、おのれの貧を詠むことはどこかでその社会のありようにつながっているはずだった。あるいは、当時の庶民が口に出してあからさまにはいえない感情が流れているはずだった。

一茶の胸には正風の枠の中では吐き出せないものが溢れている。しかし、胸中のものを吐き出して、それで気が晴れるかといえば、そうでもなかった。

むしろその裏側に、虚無の思いがぺたりと貼りつくようでもあった。自嘲の句を吐き出すとき、同時に徒労に似たこれまでの人生が見えてくるのである。そういうとき、はげしい無力感が一茶を襲った。

藤沢周平は一茶の胸中をよくつかんでいる。四十になって何ごともなし得ないで日を送る虚しさ。己を撃つ言葉はいくらあげてもきりはない。罵り、嘲ってもまだ足りない。他方で己を認めぬ世間への捻れた思いもある。しかし、言葉に出せばすべて虚しい。藤沢周平にも似たような日々があったのだ。

そのようなとき、一茶は自分を俳諧の道に引き入れた露光の死を聞く。御家人の露光は藤沢周平の創作である。行き倒れの露光の死を描くことで、何も持たない俳諧師の末路を一茶に恐れさせる。帰れば迎えてくれる家がありながら、露光はそうしなかった。そうしないで死を選んだ。だが、一茶にはそれはおぞましかった。誰もいない路傍で息絶えることを思うと身ぶるいがするほど恐ろしかった。一茶は村へ帰ろうと思う。が、一方で江戸への未練も捨てきれない。

父親の七回忌の知らせが一つのきっかけだった。遺言状を持ち出し、まずは小当たりに。いったんは江戸に帰り、ふたたび帰郷して談判。また江戸へ。何度かくり返し、まずは田畑を、ついには家屋敷と家財を半分に分けて自分の座る場所を確保した。それは、父親の遺言状があり、義母との折り合いが悪いために家を出た長男の言い分とはいえ、あまりに強引、あくどい主張であった。が、一茶は押し切った。江戸へ訴え出ると脅しもかけて分捕った。

一茶は、柏原を終の栖として晩年を過ごした。俳句の盛んな北信濃の地は、それはそれで一茶を楽にした。妻を娶り子も成したが、しあわせな日は長く続かなかった。最初の妻と子は相次いで病で亡くし、次に来た二人目の妻は中風老人に驚き、日をおかずに実家に帰った。いま一茶は、三人目の若い妻やをに抱かれながら、寝物語のように語っている。

「なにも沢山作ろうと思って作ったわけじゃない。だがわしは、ほかには芸のない人間でな。鍬も握れん。唄もうたえん。せっせ、せっせと句を作るしかなかったの」

「………」

「誰もほめてはくれなんだ。信濃の百姓の句だと言う。だがそういうおのれらの句とは何だ。絵にかいた餅よ。花だと、雪だと。冗談も休み休み言えと、わしゃ言いたいの。連中には、本当のところは何も見えておらん」

「………」

「わしはの、やを。森羅万象みな句にしてやった。月だの、花だのと言わん。馬から蚤虱、そこらを走りまわっているガキめらまで、みんな句に詠んでやった。その眼で見れば蚤も風流、蚊も風流……」

一茶はなるほど江戸で俳諧師の看板をあげ、弟子にめぐまれて暮らしたかった。俗物丸出しにそのことを望み、隠さなかった。百姓にも、商人にもなれない一茶にとって、俳諧はまさに喰うための手段であった。だが、それだけではなかった。いや、それ以上にやはり芸だった。ただその芸は、一茶独特のものだった。生活する者の手足の伸び具合と呼吸の間合いを、確かめたしかめ詠んだ詩だった。捻れ、ひねくれて詠んでもみたが、生きるつよさ、健気さにはかなわなかった。風流は生活のなかにこそあったのだ。

藤沢周平は、一茶にそれを見た。

俗から出てどう俗を突きぬけるか、それはわからぬ。ただ、これしか出来ぬとこの道を選んで、それがたとえ百姓の詩だからといって、何を恥じることがあろう。そこからしか見えぬ本当があるのだ、と思った。

そう思ったころから、一茶には見えてきたものがあった。現代俳句の第一人者・金子兜太は、「芭蕉の正調を、西行、実朝に連なる〈武家のリズム〉と呼び、これに対して、一茶の打ちだしたものを、〈庶民のリズム〉といいたい」と言う（『小林一茶―句による評伝』）。庶民のリズムは、つまりは庶民の時代観察である。藤沢周平『一茶』には出て来ないが、その庶民の目で見れば、武家社会のほころびはそちこちにある。

すでに文政期から、一茶は、「夕立や樹下石上の小役人」「春雨や侍二人犬の供」「武士町や四角四面に水を撒く」「そっと鳴け隣は武士ぞ時鳥」「関守の灸点はやる梅の花」などと、多少は同情も交えながら皮肉り、彼らに為政者がふさわしいのか、そうではあるまい、と見る庶民の視線が伸びている。

また、海外の力が日本に及んでくる情報にも、たとえば文化元（一八〇四）年に、ロシア使節のレザノフが長崎・出島にあらわれたことを、一茶は次のように詠んでいる。

神国の松をいとなめおろしや舟
春風の国にあやかれおろしや舟
梅が香やおろしやを這はす御代にあふ

おろしやの国を見下ろして、自国のすばらしさに胸を張る一茶がここにいる。それは、民衆が最初にもった海外認識、外国意識でもあった。

レザノフは数年のち、北海道に上陸して幕府軍と戦うことになる。イギリスもまた接近してくる。それが、ヨーロッパにおける資本主義の膨張と危機を反映したアジア進出の一端と一茶には理解できなかったにしろ、大きな不安とともに何とはない大変化の予兆とは感じたろう。

夕皃《ゆうがほ》や世直し雨のさはさはと（四十七歳、文化六年）

と詠んだときには、あるいは前年の、信州伊那郡で起きた大規模な打ちこわし（紙問屋騒動）が影響したかもしれない。一茶の〈庶民のリズム〉はやがて、

此のやうな末世を桜だらけ哉（五十二歳）
世が直るなほるとでかい蛍かな（六十三歳、文政八年）
鳴くな虫直るときには世が直る（同）

と、何かを期待して、リアルにこだましていくのであった。

しあわせを明日に夢見て

——『海鳴り』

一茶が貧窮を呪っていたころ、同じ江戸の町で明日へ生きていこうと懸命な二人がいた。といっても、男は老境に入ろうかという四十六歳、女は三十半ばくらいだろうか。どちらも紙問屋を商っている小野屋新兵衛と丸子屋のおこうである。道ならぬ恋だが、作者の眼はあたたかい。「信濃毎日新聞」ほかに連載（一九八二年七月～一年間）した『海鳴り』は、料理茶屋井筒屋の玄関先からはじまる。

老いる不安、哀しみ

紙問屋の寄合が終り、帰途につく主人たちが一度に出てきた場面である。主人公の新兵衛は、喧噪から少し離れたところで駕籠の順番が来るのを待っている。井筒屋の番頭は采配よろしく、大店の主から順に駕籠に乗せている。新兵衛は店は中どころだが、老舗でもその分かれでもなく、一代で店を持った新参者である。問屋仲間（組合）の数は決められており、廃業などで空きが出来ると加わることの出来るというもので、新兵衛もずいぶん金を使い、頭も下げてようやく手に入れた。

酒癖のよくない同業の塙屋《はなわや》彦助の誘いを断り、新兵衛は駕籠をあきらめて表通りに出た。

小説はそこで不意に、新兵衛の胸中をかき乱す。新兵衛四十六歳。せまり来る老いを実感している。


はじめて白髪《しらが》を見つけたのは……。

あれはいくつの時だったろう、と新兵衛は考えてみたが、はっきりしなかった。見つけたときのことはおぼえている。あのときはたしか茶の間で、女房がしまい忘れた手鏡をひょいとのぞいたのだ。

……(略)……

いま考えてみれば、些細《ささい》なことだったと思う。ひとはいずれ白髪になるのだ。おどろくほどのことではない。現に新兵衛の白髪は、とっくに真白になった鬢《びん》の毛を中心にふえつづけているが、近ごろは髪の毛を気にすることなどない。

だが、あのときは空が落ちかかって来たようにおどろいたのだ、と新兵衛は思い返す。空が落ちるとは比喩《ひゆ》にしても大げさな、と思わないでもないが、実感はそのようなものだった。予期せぬものが落ちかかって来たのだ。それはとてつもなく重くて、一瞬新兵衛を押しつぶしたのである。

……（略）……

ひとが老いるということを知らなかったわけではない。また、いずれは自分にも、その時が来ると思わなかったわけではない。だが思うだけで実感は薄く、新兵衛は老いというものを他人事に考えていたふしがある。だが、目の前にその印があらわれていた。見たのは一本の白髪だったが、その背後に見知らぬ世界が口をあけていた。

新兵衛の物思いはさらにつづく。ある時期を境に、自分が老いの方に身を置いてしまったような感覚にとらわれたこと、老いの先につながっている死をじっと見つめるようになったこと、いずれ来る老いと死のために遊ぶひまなく身を粉にして働いたのかと考えたこと、まだし残したことがあると酒と女を求めて夜の町に駕籠を走らせたこと、そして、結局、家のなかに暗い不和の空気が残っただけだったこと。

心にすきま風を吹かせて夜道を歩く新兵衛の目に、一の鳥居の柱の陰に四、五人かたまっているのが見えた。風体のよくない男たちは一人の女を囲んでいた。丸子星のおかみ・おこうだった。

こうして、新兵衛とおこうの運命的な出会いが演出される。

飲みつけない酒をつがれるまま飲んで気分の悪くなったおこうは、足どりも定かでない。駕籠を見つけるにも通りは遠く、困った新兵衛はやむなく近くのあいまい宿でひと休みすることにした。下で酒を出し、二階にはそれ用の部屋を用意してある店だった。

それが、ことの直接のはじまりだった。介抱し、気分の落ち着いたおこうを見とどけて新兵衛はひとあし先に店を出た。が、半刻はど経って店を出ようとしたおこうは、運悪く塙屋に見つかってしまう。商いがうまくいかず、店がつぶれるのも時間の問題といわれている塙屋は、おこうと新兵衛に強請《ゆすり》をかけてくる。何もなかったと突っぱねることも出来たが、誰も信じまい。不義密通は御法度、死罪である。

二人は連絡をとり、会って相談をかさねる。塙屋とは百両で話をつけた。あとは塙屋に金を渡して受け取り証文をもらえばよい。もうこれでひと安心、のはずだった。が、会って話を交わすうち、二人の心には別のものが芽ばえていた。

新兵衛はとっくに女房と心が離れ、息子は店を手伝うでもなしに岡場所通い、それを、妾を囲った新兵衛のせいだと女房がくどくど刺す。老いへの不安や焦燥を女房は小指の先ほどもわかろうとはしない。家のなかは冷え切っていた。

おこうはおこうで、結婚したときの持参金で店を持ち直しながら、実家がつぶれ父親が亡くなると、姑と夫から手のひらを返したような扱いを受け、鬱々と日を過ごしていた。

老いの坂を、おれの人生は何だったのかと思いながら歩く新兵衛と、いたわりも愛情もなくただ金だけを当てにされた屈辱を歯嚙みするおこう。二人の気持が揺れる。

「新兵衛さん」

うしろでおこうの声がした。

「もう、これっきりですか?」

なぜか哀切なひびきをふくむその声が、新兵衛を立ちどまらせた。立ちどまって振りむいた新兵衛の前に、おこうの白い顔がゆっくり近づいて来てとまった。そのまま、ふたりは動かなくなった。

「また、お会い出来ますよ、おこうさん」

長い沈黙のあとで新兵衛が言った。言いながら、闇に無数の火花が散るのを感じた。新兵衛は手をのばした。いま、ひとつの道を踏みはずすところだと思った。だがその恐怖も、のばした指に触れたおこうの身体のあたたかみに打ち消された。

おたがいがおたがいを求めた。一度、二度と会って言葉を交わすうちに、相手の心が自分のなかに入ってくるのをしみじみと感じた。ことがこれで決着がつくなら、同業仲間として会うことはあっても、それ以上にはなり得ない。そのことが二人を切なくさせる。このときを逃せば……二人の思いは同じだった。

「もう、これっきりですか？」――藤沢周平は、おそらくのどをからからにさせて言ったであろうおこうの言葉に、その思いをこめる。それを言えば、その先に何が待っているか。応えれば何が待っているか。じゅうぶん承知の、覚悟のうえの二人の言葉である。

その機微を藤沢周平は美しく書く。ただの手練ではない。心がはたらかなければ書けない美しさである。誠実でなければ命がけにはなれない、その心ばえのやさしさ、美しさを、作家はまず心で追っている。

ほのかながらも明かりを信じて

「海鳴り」には、もとになった短編小説がある。「冬の潮《うしお》」である。『小説新潮』（一九七五年六月号）に発表された。

江戸の紙問屋四十七軒は、年三百両という冥加金などを幕府に上納する代わりに商売の独占、問屋仲間の保護を許されていた。文化十年、仲買人、紙漉《かみすき》人に対して、問屋以外に紙を売らないよう通知した時代を背景にしている。紙漉人たちはこれまで、仲買人の手を経て帳屋、合羽屋、傘屋、呉服屋などに紙を売っていたが、その経路が閉ざされることになり、文政元年、紙漉人たちは苦情を申し立てる訴訟を起こした。「海鳴り」は、その通知をお上に出してもらおうと問屋仲間の談合が進んでいるさなかの出来事である。「冬の潮」が言いようのない暗い結末を迎えるのに対して、「海鳴り」は光を求めて懸命な二人を追う。七年という、二つの作品を隔てる時間が作家の人生を成熟させ、恨みをぶつけた時代から生きる美しさを描くようにさせたとも言える。

ともあれ、その後の新兵衛とおこうである。

塙屋の強請が片づくと会う機会も奪われた二人だが、ある雨の日の夕刻、二人は偶然にも再会する。おこうは夫が外につくった子を引き取るという話が出て、腹立ち紛れに実家へ行くと家を出たものの、実家でも兄と諍《いさか》い、そこも出てきたと言う。今夜は帰れないと言うおこうを、新兵衛は船宿に案内する。その夜、二人は越えてはならない一線を越える。が、新兵衛には不思議と後悔も恐怖もなかった。むしろ、心は平安に満たされた。

新兵衛は、行く手にかすかでも希望を見たいと思う。隠居して息子に商いを譲り、おこうは去り状をもらって、二人でどこかでのんびり暮らすことを考える。が、新兵衛の息子は放蕩三昧。隠居どころか、死ぬまで商いにしばりつけられるかもしれない。おこうだって、よそに出来た子を育てろとはあまりに冷酷な仕打ちとはいえ、大店のおかみがそう簡単に離縁されるとは思えない。現実の方が暗黒である。

それでも、新兵衛はいつかこのめぐりあった運を生かしたいと考える。船宿を出た新兵衛の胸に、ひとり残してきたおこうの形がちらつく。

――こんなに、あの人のことが気になるのは……。

今夜のふたりの結びつきが、ただごとでなかった証拠だと思ったとき、新兵衛はさっき、おこうと寄りそって横たわっていたときに見たものの正体を、はっきりとつかんだ気がした。それはやはり、行手にともる光だったのである。しかもそれは、身体をまじえて、はじめて見えて来たものだったのだ。

どこかにいるかもしれないと夢見ていた生涯の真の同伴者――新兵衛は、おこうがそれだと思う。藤沢周平は、そういう新兵衛の心の動きに多分に同情的である。長年連れ添い、苦労をともにしてきた妻がおり、子もあるという世間知を盾にしない。男が女に見る夢――どこまでも貪欲で、どこかに生涯の真の同伴者がいるのではないかと夢見る――そしてついにそれが夢だと気づくときは、男はどうしようもなく老いてしまい、やがて死に向かって歩む。それが、夢が現実だとわかる瞬間がある。現実に出来ると思う一瞬がある。それをつかんだとき、男はどうするか。藤沢周平は、生き直すことに肯定的である。死んだまま歩む人生よりも、生きて溌剌《はつらつ》とすすむ人生を肯定する。

かたちは、なるほど言われる「不倫」である。藤沢周平は、それを肯定しているのではない。強制された「倫理」の束縛と恐怖に人は何をもっとも人間らしいものとして対置するのか、その発露に人が生きるということをかさねて、その意味を問うのである。

老いつつある自分を感じ、これまでの人生は何だったのかと思うとき、人は、それはそれで一つの人生とあきらめるかもしれない。あるいは人は、いちばん大事な何かをし残しているとあせるかもしれない。いちばん大事な何かが、栄達でも財産でも名誉でもないとしたら、それは、まだ見ぬいちばん大事な人と出会うことであろう。人が人のなかでしか生きていけないとしたら、人とのめぐりあいほど、その人がその人らしくなれることもまたないからである。

とするなら、新兵衛のように人生の完結への最後の数歩を、心安らぐその人とともに歩んでみたいと思っても、生きるということへの不遜にはけっしてならないだろう。ただ多くの人は、人生の真の同伴者との出会いを思う前に、それまでともにした苦労や喜びの堆積の重さを人生そのものと考えてしまうだけである。

どちらもそれぞれの人生、と言ってしまっては割り切りに過ぎているだろうか。人生がやり直しのきく将棋でもあるのなら、これも一局、それも一局と局面ごとに指し直しがきくのだが……。ともあれ、新兵衛とおこうにとってことはそううまくは運ばない。運ばないように、作家は苦心する。そこが腕の見せどころとでもいうように。

ひっそりと逢瀬をかさねる二人だが、それを執念深く追っていた男がいた。塙屋である。が、その塙屋のさらに後ろにおこうの夫・丸子屋がいた。塙屋からあいまい宿の一件を聞いた丸子屋は、おどろきも怒りもせず逆に、二人に強請をかけてみろと唆していたのである。丸子屋の陰険さはそれだけにとどまっていなかった。

折しも、問屋仲間で紙漉屋からの直取引の話が出ていた。仲買を通さずに仕入れ、利を稼ごうという算段だったが、仲買つぶしにほかならないあくどいやり方に、問屋の多くは眉をひそめていた。新兵衛もその一人だったが、あろうことか、問屋直取引に反対する急先鋒に仕立て上げられ、一方では、古くからの取引先に古手問屋が値を大きく下げて割り込み、商いつぶしがおこなわれていた。

新兵衛は、それらが丸子屋の差し金だとつきとめる。それもこれも、おこうとの一件がきっかけだった。しかし丸子屋は、妬心《としん》から動いたのではなかった。むしろ、おこうへのみせしめ的な嗜虐からだった。

新兵衛は、その陰湿、悪辣な企みをよくはねかえす。おこうのためにもと懸命だった。その間には、紙問屋が性に合わないと家を出た息子が遊所の女と心中するという事件も起きた。幸い二人とも命はとりとめた。娘はまだ幼く、ひとめ見た新兵衛は心ばえのやさしさにひかれる。二人が本気なのを知り、息子を本人が望む錺職の奉公に出す。事件は新兵衛の家庭に平安をもたらす。心中事件の処理に追われておこうとの約束の時間を忘れた新兵衛は、所詮それだけのことなのかと一瞬、思いもする。

が、塙屋が嗅ぎつける。直取引を決めた問屋の寄合のあと、塙星が寄ってくる。こんども金でけりをつけようと、三百両、五百両と話す新兵衛に、塙屋は一時金として二百両、あとは月々五十両というのはどうかと切り出す。とても出来る相談ではない。一年ならともかく二年目には商いにひびが入り、三年目には店はつぶれる。かといって、塙屋におそれながらと訴え出られれば……、どちらにころんでも破滅である。

新兵衛と塙屋は本所の河岸で争う。新兵衛は思わず首を絞める。腕の感触で新兵衛は殺したと思うが、塙屋は死んでおらず、急激な中風に襲われたような症状であがあいびきをかいて寝たきりになる。新兵衛はおこうにいきさつを打明け、江戸を離れると言う。おこうは、自分もいっしょに行くときかない。ひとり江戸に残り、夫に苛《さいな》まれて生きたくはないと言う。

労働の尊さ、生きるまごころ

二人はついに駆け落ちを決意する。親しくしていた仲買の兼蔵夫婦のはたらきで通り手形をととのえ、秩父の奥沢へ行くつもりで船に乗るが、おこうの考えで行く先を変える。千住で船を下りた二人は、水戸街道をたどる。脇往還であれば詮議もきびしくはない。二人は常陸・水戸をめざす。

……これで世間とはぷっつりとつながりが切れて、行方も知れない世界に入るのだ。瀕死の床にいる彦助はどうなっただろうか。おたきはまた、茶の間で縫物をはじめただろうか。すると、まるでその気配を察したように、おこうが言った。

「新兵衛さん。あたしのためにこんなことになって、済みませんでした」

「それはお互いさまだよ、おこうさん」

「でも、江戸のことは忘れてくださいね、おねがいです」

二人は立ちどまって、顔を見合った。ついで固く手をにぎり合った。新兵衛は野を見た。日の下にひろがる冬枯れた野は、かつて心に描き見た老年の光景におどろくほど似ていたが、胸をしめつけて来るさびしさはなかった。むしろ野は、あるがままに満ちたりて見えた。振りむいて新兵衛はそのことをおこうに言おうとした。

「海鳴り」はこう閉じられる。小説世界の展開としては、少し無理があるかもしれない。しかし、それをいまは問うまい。作者と同じように私たちもまた、二人の道行きに多分に同情的であるからだ。先のかすかな光を当てに歩いて、何の悪いことがあろうかと思うからだ。老いのくだり坂から翻り、力をみなぎらせて人生をもう一度たどろうとする新兵衛の率直さと、それをささえていっしょに歩むおこうの健気さに感じ入るからだ。

新兵衛が仕事や家庭のことにいい加減な男だったらこうはいかない。が、新兵衛が新参として問屋仲間に入り、それをわずかの間に中堅どころにまで商いをのばしたのには、たんに商売上手などとは違う、紙を漉くその製造の過程にまで眼を配り、小野屋ならではの品質の保持に心を配って商いをする誠実さがあった。

作品に、新兵衛がひと冬を秩父の小川村で過ごし、楮《こうぞ》採りからいっしょになって働く場面がある。ひと冬、漉屋になったつもりで紙を漉き、その間に売る側から注文を出してみようというつもりだった。だが、それは言うはど易しくはなかった。

伐り取って来た楮は、すぐに一定の長さに切りそろえてふかしにかける。その楮ふかしは一釜四十貫、一刻（二時間）あまりも蒸しつづけ、男三人で日に四釜から五釜の楮を蒸し上げるのである。しかも蒸し終った楮は、次の釜を焚いている間に黒皮を剝ぎ取るので、息つくひまもなかった。

楮ふかしは熱く、またアク煮した楮白皮を川の浅瀬で晒《さら》す仕事は、天気の悪い日は骨も凍るほどに寒かった。しかし釜から取り出した白皮は、まだ熱いうちに清水に晒すのがコツである。そして最後の仕上げとも言うべき楮叩きは、文字どおり骨の折れる仕事だった。樫《かし》の打盤の上に置いた白皮を、最初は大棒で荒打ちし、そのあとで二本の小棒で小打ちをする。その打ち方が平均していないと、紙の地合が悪くなり、ばらつきが出る。神経を使うその作業は、一打におよそ半刻（一時間）はかかるのである。

紙漉きの作業に入るのは、さらにこのあとである。新兵衛は何回かくり返すうちに作業の要点をつかみ、漉屋と相談をかさね、工程にさらに工夫を加えて小野屋の紙をどのようなものにするか考え出す。いいものをつくることに、熱心である。商人ではあるが、新兵衛にはものづくりの職人の心がある。ものをつくること、労働がまず第一というのは、藤沢周平もそうである。労働にたいして謙虚であり、ときに敬虔にそれを見つめる。

新兵衛はときに藤沢周平であり、働くことに真面目である者が生きることをいい加減に考えたり、他人を思う心に欠けたりすることはないという信念がそこに貫かれる。新兵衛にはそういう魅力がある。作家もそこを大切なポイントとして描く。だから、藤沢周平がこの作品の結末について次のように言うとき、読者である私たちもまた、何かほっとした気分になるのである。

打明けると、私は「海鳴り」を書きはじめた当初、物語の主人公である新兵衛とおこうを、結末では心中させるつもりでいた。だが、長い間つき合っているうちに二人に情が移ったというか、殺すにはしのびなくなって、少し無理をして江戸からにがしたのである。小説だからこういうこともあるわけだが、そうしたのはあるいは私の年齢のせいかも知れない。むごいことは書きたくなかった。せっかくにがしたのだから、作者としては読者ともども、二人が首尾よく水戸城下までのがれ、そこで、持って行った金でひっそりと帳屋（いまの文房具店）でもひらいて暮らしていると思いたい。

（「『海鳴り』の執筆を終えて」、『小説の周辺』所収）

藤沢周平は、こうして人生に真面目でひたむきであろうとする人たちに声援を送る。けっして大声ではない。ひそやかに、ささやくように。心満たして先へすすめ、と。いつになってもそれがいちばん大事、と。

人は誰もがしあわせになれる、なっていいのだ。たとえそれが、老いに向かう人生のくだり坂であったとしても――小説「海鳴り」の主題もまた、平凡なこのひと言につきている。が、そこに行きつくまでに、人はどれほど暗く深い闇を見、通らなければならないのか。小説は闇の底深さがあるからこその光であることをつよく訴える。

しかし、二人が行こうとする水戸は、ほどなく尊王攘夷論に包まれる。たとえ、追っ手から身を隠したとしても、時代は二人を放置しない。おたがいを思いやるということは、おたがいが生きているその時代に、誠実に向き合うことだと知るのに、そう時間はかからなかったろう。新兵衛とおこうがほんとうにしあわせになれるかどうかは、そこで決まる。

せめて道を誤らないでほしいと、作者と同じく私もまた、二人に余計なひとことを言ってみたいのである。

幕命を撤回させた農民パワー

――『義民が駆ける』

百姓といえども二君に仕えず

小林一茶がその波乱の生涯を文政十年十一月十九日（一八二八年一月五日）に閉じてほどなく、幕政史上、かつてないことが起きた。天保十一（一八四〇）年から一二年にかけて、出羽庄内藩を越後長岡へ、長岡藩を武州川越へ、川越藩を庄内へ移す幕命が撤回されたのである。「天保義民」としてとして庄内地方でひろく賞賛されたその顚末を、藤沢周平は庄内藩中枢や領民の動きを中心に、老中や幕閣の対応、江戸町民の関心、さらに庄内藩に隣接する天領の商人、川越藩など多層、多視点から描き出し、「複雑さの総和」としての歴史の真実に迫ろうとした。『歴史と人物』誌に一九七五年八月〜七六年六月号に連載された『義民が駆ける』である。

江戸時代、幕府による三方領地替えは十一度、四方領地替えは二度、発令されているが、撤回されたのはこの一件だけである。また、この事件後に発令されたのは一件だけだが、それはこの件を主導した老中首座水野忠邦に関わるもので、天保の改革の失敗と不正を咎められて隠居させられた後、浜松から山形へ転封させられた。浜松領は、文化十四（一八一七）年に、当時、肥前唐津藩主であった忠邦が長崎見廻りを嫌って幕閣入りを熱望し、各所に賄賂をばらまいて実現させたものであった。浜松へは館林藩主井上正春が入ったが、正春は忠邦の横やりで文化十四年に浜松から陸奥棚倉へ追い出された正甫の息子だった。

井上正春にとっては元に戻ってめでたしといった格好だが、幕閣の左遷地としてころころと藩主が入れ替わった山形へ、五万石に減封されて移った水野の胸中は、おだやかではなかったろう。戊辰戦争のさい、京に在住する藩主から「時期を見て薩長につけ」と密命され、当初は新政府側へ身を寄せた思いも分かるような気がする。

しかし、如何せん藩財政の窮乏のためまともに武器も購えないでは、当時最も新式の武器を揃え訓練十分な庄内藩の敵ではなかった。布陣を整えつつあるところを逆に急襲され、山形城下まで戦火がおよぶ危機に遭ってしまう。その後は、仙台・米沢の大藩の圧力に負けて奥羽越列藩同盟に加わるなど右往左往し、最後は家老の死をもって新政府側に謝罪することになる。その姿は、栄耀栄華の果てとはいえ、いささか気の毒な末期といえる。

それはともあれ、ことは十一代将軍の大御所・徳川家斉《いえなり》から、二十五男・紀五郎（松平斉省《なりさだ》）が婿養子に入った川越藩の窮乏を救うため、庄内藩への転封を持ち出されたことに始まる。当時の幕府は第十二代将軍・家慶の時代だったが、家斉は大御所として幕政の実権を握っていた。天明七（一七八七）年、十五歳で将軍についてから五十年在位した家斉は、将軍中唯一太政大臣にまでのぼりつめた長命かつ異例の将軍である。島津重豪《しげひで》の娘・近衛寔子《ただこ》（広大院）を妻に迎え、そのほかに四十人の妾女を囲ったといわれる。妾女は、成人しただけでも二十五人の子を産み、うち十三人が男子だった。すでに幕府には彼らを新大名として取り立てる力はなく、女子を諸大名に嫁がせるのと同様、男子も養子として各家に押しつけた。

なかには、幕府に取り入って養子を迎え、その伝手で何とか藩財政の窮乏をしのごうとする大名家も出てきた。川越藩がそうだった。藩主・松平矩典《とものり》は、実子を廃除して養女の婿養子に斉省を迎えるとともに、家斉の一字を拝領して斉典《なりつね》と改名した。どこまでも迎合的であるが、背に腹は代えられないほど、藩財政が逼迫していたのも事実だった。

しかし、その標的にされた庄内はかなわない。

江戸からの急使が庄内・鶴ヶ岡城に到着すると、背後に水野の策謀を感じとった藩主・忠器《ただかた》らは、大御所周辺を動かして命令を撤回させるか、せめて添地を確保しようと、贈賄工作を開始する。両敬家と呼ばれる藩主家の弟すじにあたり、藩の重臣にもなっている松平甚三郎、松平舎人が庄内の中心になり、江戸では、忠器に見出されて江戸留守居役を務める大山庄太夫が指揮をとった。江戸には世子・忠発《ただあき》がいるが、二十九歳になってもまだ家督はゆずられず、忠器とその回りを固める重臣たちとの仲はよくない。が、そんなことはいっておられない。

庄内では豪商・本間光暉《みつあき》に八万両の工面を依頼するが、本間はあまりに膨大すぎる額に疑念を抱く。領内の農民たちは、移ってくる川越藩の窮乏を聞かされて苛酷な収奪を予想し、藩主の引き留めをはかろうとする。領内西郷組の書役・本間辰之助や玉龍寺の僧・文隣らを中心に、藩主永住願いの駕籠訴を計画する。第一陣は江戸藩邸に察知されて引き留められるが、持参した嘆願書は家臣たちを感動させた。追いかけるように江戸にのぼった川北の農民らは有力大名への駕籠訴に成功し、局面が大きく転換してゆく。公事師をしていた庄内藩出身の佐藤藤佐らが農民たちの面倒をみた。

領内では、「百姓と雖も二君に仕えず」「忠義一同」と各地で集会が開かれ、江戸出訴の気運が盛りあがる。参勤交代で帰藩していた忠器の出府が迫ると、江戸へ出て行くとそのまま国替えになってしまうと懸念する領民たちは、引き留めのために全領内参加の大集会を開く。いったんは出府を延期した忠器だが、それを押し通すことは出来ず江戸へ出る。領民たちは、それではと江戸への大登りを計画する。藩が幕府のとがめを怖れて阻止に出ると、領民たちは街道を避け、日本海側の港へ走り、あるいは雪山を掻きわけて仙台藩など有力大名へ嘆願をひろげる。江戸でも大山たちが大名家の間を奔走する。藤沢周平は、「三方国替え」「波紋」「領内騒然」「江戸町奉行」と章をたてて事態の推移を描いていく。そして「逆転」。

藩士・領民あげての働きかけが徐々に功を奏しつつあるように見えはじめたとき、大御所・家斉が死去し、ほどなく川越藩の世子・斉省も病死する。大名たちの間に国替え中止の声が大きくひろがってゆく。水野忠邦は庄内藩への同情論を抑えようと、南町奉行・矢部定謙《さだのり》に江戸における庄内農民たちの動きの調査を命じる。水野の意のままに動くとみていた矢部は、しかし庄内に同情的で、一計をめぐらせて佐藤藤佐に三方国替えの不当性を供述させ、忠邦の思惑を打ち破る。

小説の終章は「嵐のあと」と題される。国替え中止の申し渡しに江戸も領内も喜びでは ち切れるが、相手は老中首座・水野忠邦である。大御所が死去したいま、だれはばかることなく幕府の最高権力を手にしている。天保の改革に辣腕をふるうのはこれからなのである。対応を誤るとどういう目に遭うか分からない。作中では、水野の腹心・鳥井耀蔵《ようぞう》が庄内藩に印旛沼の開墾にあたらせることを提案し、水野は裏切った矢部定謙の処分を考える場面が出てくる。じっさい、その通りになる。

付け加えれば、その年九月、酒井忠器は溜間《たまりのま》から帝鑑間《ていかんのま》へ移される。溜間、帝鑑間とは、江戸城に登城した大名や旗本が、将軍に拝謁する順番を待っていた控席(伺候席)の一つで、家格、官位、役職等によって大廊下、大広間、溜間、帝鑑間、柳間、雁間、菊間広縁の七つに分けられていた。

大廊下は将軍家の親族、大広間は国持大名(国主)および准国持大名(准国主)の席で、国主以外でも、四品《しほん》以上の官位を持つ親藩および外様大名が詰めた。薩摩藩島津家、仙台藩伊達家、肥後熊本藩細川家など、大身国持がならぶ。溜間は会津藩松平家や高松藩松平家など家門の一部と、酒井家をはじめ彦根藩井伊家や桑名藩松平家、越後高田藩榊原家など格式高い譜代大名が詰め、将軍、老中の諮問に応じた。帝鑑間は譜代大名の大半が詰める、という具合になっていた。溜間、帝鑑間の格は断然違う。

江戸時代の武家社会はこうして「格」差別を歴然とさせていた。それは、江戸城中の伺候席だけでなく、将軍との親疎関係によって三家、三卿、家門、譜代、外様と分けたり、領国や居城の規模によって国主(国持)、准国主、城主、城主格、無城に分別し、さらに官位によって侍従以上、四品(四位)、諸大夫(五位)に、また石高によっても十万石以上、五万石以上、一万石以上に分け、これらの組合せによって大名を複雑な格式序列にしばりつけた。

溜間から帝鑑間への降格は、家康の時代から徳川四天王、十六神将の筆頭におかれてきた庄内藩酒井家にとって屈辱以外の何ものでもなかった。が、水野忠邦の私怨ともいえるこの処置は、逆に水野から人望をまた一つ削ぎ落とすことにもなった。

話が横にそれたが、幕命撤回を受けた国もとの庄内では、まず、本間光暉に警告した。川北の百姓を走らせたのは本間だという噂がある、と家老・松平甚三郎が本間光暉に幕府探索方の動きに注意せよと告げる。

国替え反対一揆の背後に本間の影をちらつかせるものの、明らかな断定を避けて展開してきた作品世界が、ここで本間を登場させ、日記をつけているか、などとごく細かなところまで注意を喚起していることは、意味深長である。藤沢周平は、あくまでも噂のことだがとことわりながら、案外、一揆の背後に本間と領主酒井家との連携があったことを言いたかったのかもしれない。

本間にしてみれば、領主移封によってまかり間違えば莫大な貸付金がチャラになってしまうかもしれないことをはじめ、手にしているさまざまな特権を失う可能性もあり、必死に画策せざるをえないことはだれの目にも明らかである。藤沢周平は最後の点描ながら、しかし、領内での対応として真っ先に本間に手を打ったことを描いて、読者の想像に任せたのだろう。もちろん、ここは作家の創造領域である。

つぎに、農民たちに起請文をつくらせた。作品は西郷組の自主的な動きとして、書役・本間辰之助の家に愁訴登り世話方八十人が集まって署名血判し、村々を回って家ごとに連判をあつめたと描かれる。起請文は、作中から引くと、

去る十一月中お所替を仰せ蒙りなされ候より、両御郡中ひたすら悲嘆止むことを得ず、数度江戸表へ出府、御重役の御方々様、またはご隣国の御領主様方へ愁訴に罷り出で候内、ほどなく御永城を仰せ蒙りなされ候段、恐悦至極有難き仕合わせと存じ奉り候。右はまったく以て御当家、御先祖様の御武功、ことに御由緒のお家柄、その上御代々様の厚きご仁政にて、万民を御撫育遊ばされ候御徳を、公儀にても御表し遊ばされ候御義にて、自然諸神仏のお加護と相心得、この上はなお以て、殿様のご仁徳いささかも失念仕らず候様、この旨深く勘弁いたし、お百姓ども丹誠愁訴をなし、事成就に至り候などと、万一心得違いいし、自ら誇り申し唱え候ては、これまでの誠心一時に空しく一同の名を穢《けが》し、かえって禍《わざわ》いその身に及び候ことゆえ、深く相慎み、必ず以て心得違いこれなきよう致すべき事。

とある。国替えが取りやめになったのは、ひとえに藩主酒井家のこれまでの武功、家柄

に拠っており、その仁政を公儀も評価してのことで、だから神仏のお加護もあったと思う。この上は殿様の仁徳を忘れず、まちがっても自分たちの愁訴が功を奏したなどと心得違いをせぬようふかく慎みます、というのである。

「百姓と雖も二君に仕えず」と掲げて国替え反対の一揆を起こすという、前代未聞の一揆の組織といい、また、撤回後のこの身の慎み方といい、なまなかの知恵ではない。背後に相当の情報収集とその分析、組織・煽動の力を持つ者がいたとみなければならない。情報の収集といっても、領民のそれだけでとどまってはいられない。領国と江戸における藩、それも中枢の動き、嘆願した大名家の反応、水野の動向、さらに江戸市中の町人たちの声、世論……それらあらゆる方面からのものを集めなくてはいけない。そして、それらに対応する手を誤らずに打つ。

これは、武器こそ使わないものの、幕府という絶対権力との戦と言ってもいい。藩士といわず農民といわず庄内藩こぞって、あらゆる手段を駆使しての総力戦である。幕命の撤回を企図して失敗すれば、幕府への反逆として国替えどころか改易・領地召上げになりかねない。もっとも、幕末期の改易は二例あるだけだが。

いずれにしろだれかが統一して指揮をふるわなければ、成功・勝利はおぼつかない。はたして、その指揮グループはどのように構成されていたのか、どういう分担だったのか、指揮権の最高責任者はだれだったのか。興味は尽きないものの、小説世界は、したがって依拠した歴史書も、そこに踏み込んではいない。本間光暉の日記にさえ証拠らしき記述があれば消せと指示したぐらいであるから、それらしき記録は残さなかったのだろう。

突然登場する「義民」賞賛

ところでこの起請文は、以下のように締めくくられている。

> 誠に以て比類なきご仁政につき、有難き仕合わせと承知奉り、この段子々孫々の児童に至るまで、昼夜忘失なく語り聞かせ、なおこの上とも急度《きっと》相心得申すべく候。万一心得違い右ケ条に違犯これ有るにおいては、当人は勿論、見遁し候者ども、その村相払い申すべき事。右の条々相背くにおいては、日本大小の神祇《じんぎ》ことに妙見大菩薩《みょうけんだいぼさつ》ご当国においては湯殿山、月山、羽黒山、金峰山、鳥海山五大権現、なお組村々の鎮守氏神各々の神罰冥罰《みょうばつ》を蒙り罷るべき者なり、仍《よっ》て起請文くだんの如し。

国替えの沙汰が取りやめになったのはひとえに殿様の仁政のおかげであると、子々孫々に昼夜なく語り聞かせて忘れない、約定を破ったら日本国中の神仏の罰を受ける、とどこまでも神妙な態度を示している。しかし、「この段子々孫々の児童に至るまで、昼夜忘失なく語り聞かせ、なおこの上とも急度相心得申すべく候」と、見得を切るように約束しながら、幕末維新時から明治期にかけて、この国替え阻止の一件が庄内でひろく巷間にのぼった形跡はない。

郷土史家で庄内藩研究の第一人者斎藤正一も、

天保十二年（一八四一）九月、酒井忠器は溜問詰から帝鑑問詰に格下げされ、同十三年、田川郡の公領二万七〇〇〇石の預地が引き上げられ、同十四年、印幡（旛）沼疏水工事の手伝を命ぜられる等の報復措置がとられた。同十三年、転封阻止運動の指導者加茂屋文治らが、その功績を後世に伝えるために「夢の浮橋」を編さんした時、藩は徒目付を派遣して検閲させた。その目的はその中に藩との関係を示す史料が含まれ、幕府に知られることを恐れたためであった。このような事情から本事件は触れられたくない事件として明治期に入ってからも郷土史家から敬遠され、明治二十六年（一八九三）の「荘内史」は大山騒動に八頁を費やしながら本件には三行を当てたにすぎず、明治二十七年の「荘内沿革誌」と明治三十年の「郷土地理史談」は一言も触れていない。

（『庄内藩』《吉川弘文館》）

と指摘している。天保十三年の時点では、なるほど幕府の目を警戒したことは当然だろう。しかし、ではなぜ明治三十年に至っても事件に一言もない史書が出るのか。維新後の歴史編纂としてはむしろ、どんなかたちであれ徳川に異を唱えたことがあればそれを大きく扱うのが常套であるにもかかわらず、庄内の天保期三方国替え阻止の扱いは異常とさえいえる。まして庄内は、幕府側について最後まで新政府軍とたたかったのであるから、徳川幕府との小さくない齟齬は、問われずとも言っておいた方が有利であろう。が、そうしなかった。不思議である。

あるいは、伝えるほどのことではないと醒めていたのか。江戸へ苦心惨憺のぼった農民は多くおり、道なき道を這うように行ったことや、雪を掻き分け隣国に抜けたことなど、並大抵の苦心ではなかったから、それはないだろう。本間と酒井の連携で動かされていた、などと自嘲したわけでもないだろう。としたら、意志的に語らなかったのである。

私は、そこに庄内藩の幕末維新時の対応とも関連する、「丁卯の大獄」とも「大山庄太夫一件」ともいわれる事件がかかわっているように思う。

庄内藩は、前述したように戊辰戦争時に奥羽越列藩同盟の中心となって薩長軍と果敢にたたかった。が、徳川四天王の家を誇るといえど藩内に異論がなかったわけではない。むしろ忠器の時代には、忠器のあつい朝廷敬慕の意志や開明的な態度から、公武合体＝改革派が藩有力者の多数を占めていた。忠器の死後、藩主の忠発は忠器時代の重臣たちを遠ざけると同時に、庄内へ配置するにあたっての徳川の意志――陸奥越後の両国の間にあって、亀ヶ岡、鶴ヶ岡の二城をよく守護し「永く天下の藩屏たるべし」――を奉じる方向へと藩論を転じる。

その過程で、藩内の公武合体派＝改革派を根こそぎ一掃するという荒療治をおこなった。慶応二（一八六六）年のことである。「丁卯の大獄」、「大山庄太夫一件」と呼ばれるこの事件で断罪されたのが、大山庄太夫ら改革派だった。事件は闇から闇に葬られ、記録も残されず、事件について話せば一味と同罪とされたともいう。弾圧の中心は、江戸留守居添役で側用人の菅実秀と中老の松平親懐《ちかひろ》（権十郎の名で通っており、新徴組を率いて江戸市中を見廻り、薩摩藩邸の焼き討ちを指揮した）だった。

改革派を一掃し、藩論を幕府側に統一した庄内藩は、菅、松平が中心となり、新式の武器とよく訓練された兵の力で奮戦する。敗北することなく投降するが、幸運にも薩摩の西郷隆盛の尽力で他の奥羽越列藩とはちがった処遇を受けて生きのびる。新政府による領地替えの命令も、農民たちの訴願を組織するなどしてこれまた撤回させ、藩体制をそのまま県体制に移行して明治新政府を構成した。この「功績」は菅実秀や松平親懐、松平甚三郎（彼らはいずれも庄内藩から移行した大泉藩、酒田県の大参事、参事をつとめ、県政の中心を担った）らに帰せられ、現在に至るも賞賛、追慕の声は小さくない。

幕末維新期をそうして切り抜けた庄内で、三方領地替えを撤回させた大山庄太夫らの功績を賞賛するのはむずかしい。賞賛すれば、新政府側に立った生きのびようがあったことになり、別の維新像を描くことになる。一切黙秘の厳命も生きていれば、それはタブーであった。大獄を命じ、それを実行したのが隠居の元藩主忠発と松平権十郎、菅実秀であればその子・孫はもとより、関係者はあまた庄内で生き、暮らしている。気安く口の端にはのぼせられない。

ところが、背に腹は代えられない事情が出来する。斎藤正一の前掲書はこう指摘している。

この事件を顕彰した最初の史書は大正十年（一九二一）の斎藤美澄著『酒井侯本領安堵天保快挙録』であり、他の百姓一揆のように政治的、経済的要求に基づいて起ったものでなく、領主の善政を慕う忠誠心から発した道義的義挙であったと主張した。しかし、同書の出版には次のような社会的背景があったのである。

大正元年の飽海郡の耕地整理の結果、縄伸びの喪失、整理費の小作料への転嫁などから、大正二年、飽海郡に小作農民組合「義挙団」が誕生した。小作農民は階級意識に目醒め、地主に従順な農民ではなくなり、地主制は新しい危機を迎えた。美澄は保守勢力の代弁者である飽海郡学事会の依頼により、大正十年、この本を書き、酒井家の善政と農民の報恩感謝の精神を強調した。

昭和初頭、世界恐慌に突入すると、農村には生活防衛のため産業組合運動が盛んになった。信用部門、購買部門から始まった産業組合運動は、やがて農業倉庫建設運動に発展し、昭和九年（一九三四）飽海郡平田産業組合と東田川郡新堀産業組合に庄内最初の農業倉庫が建設された。この年、郷土史家清野鉄臣が『荘内天保義民』を出版し、初めて「天保義民」の名称を使用し、その序文に次のように書いている。

此の如く全く庄内は君臣一体の情義、融和の状、我が国体の精華を実顕したるものにして東洋政治の理想郷といわざるべからず

『天保快挙録』の精神を承け継ぐ天保義民史観は、保守勢力に支持され、学校教育の教材にもされた。しかし農業倉庫の設立に当って山居倉庫の激しい反対を受け、設立後は入庫米の獲得で争った産業組合は、地主の牙城である農会と結託する山居倉庫と闘うた

めには、農民を天保義民史観から解放する必要があるとし、山形の農民運動史研究家黒田伝四郎（高嶋米吉）に依頼し書かせたのが『荘内転封一揆乃解剖』（昭和十四年刊）であった。その結語には次のように書かれている。

かくて、転封一揆の真因は明かである。本間家がその有する特権を飽迄も維持せんが為めに農民を動員したのである。動員の手段は債権の督促であった。……「天保快挙」とは、まことに農民を動員することに依って目的を達した本間家にとっての快挙であったのである。兎にも角にも、我々は、封建崩壊期に於ける酒井氏の無力さと、当時に於ける代表的高利貸資本家本間家の真に驚異すべき勢威を、この転封一揆に見るのである。

斎藤正一の指摘によれば、天保の農民たちは、「義民」として突如、歴史の舞台に登場させられたのだった。最初は大正期、小作農民の階級的目覚めを抑制するために、庄内は殿様・酒井家の善政とそれへの報恩感謝の精神でずっとやってきたことを強調した。つづいて、世界恐慌のあおりを受けて窮乏化する生活の打開へ、産業組合を結成して運動を展開し、地主・資本との対決も辞さないまでに自覚を高める農民たちに、まったく別の価値観を提供するために、であった。あえて「天保の義民」と名づけ、庄内はかくのごとく、「君臣一体の情義、融和の状、我が国体の精華を実顕したるものにして東洋政治の理想郷」と言い出したのである。

「満州事変」に始まる、日本を泥沼の十五年戦争に引きずり込んだ「国体」思想の精華とし、「大東亜共栄圏」の考えをも下支えする「義民」の、思いもかけないふいの登場だった。

当然、この天保義民史観への批判が起こった。

口火を切ったのは、斎藤が紹介しているように、農業倉庫の設立と入庫米の獲得をめぐって地主―本間と対立していた産業組合である。最上川の河口に開け、米どころ庄内の産米集積地であるとともに日本海岸の米取引の中心地として栄えた酒田に、本間は山居倉庫とよぶ米保管の巨大な倉庫を建設した。陸羽西線の延長、羽越線の開通に伴って各所に支庫を設け、米価が上がる端境期に倉庫の米を出して米価を操り、収益をはかった。山居倉庫はすべて旧庄内藩士で固められ、本間―酒井―旧藩士（御家禄派）の資本肥大と生活維持に大きく寄与した。

鶴岡では田川の大地主たちが出資して自前のものを建てていたが、山居倉庫の米とは市場の価格が違った。山居倉庫は、厳重な入庫検査にうえに米俵を解いて混合保管し、規格を一定にした。俵装を統一し、俵に巻く黒縄の本数で等級を決め、「山居の黒縄」として市場で高い評価を受けることに成功していた。

産業組合の倉庫づくりは、この本間の牙城を脅かそうとするものだった。『荘内転封一揆乃解剖』は、天保の三方国替え＝庄内藩移封阻止の真相――本間の暗躍とその意図――を明らかにすることを通じて、つくられた義民史観を批判しようとしたのだった。

藤沢周平もまた、黒田伝四郎（高島米吉）のこの著書を手にした。天保義民の話は幼いころよく聞かされたが、何とはなしに疑問もしくは反感をおぼえていた藤沢周平は、すでに昭和十年代に高島がその答えを出していることに感銘を受け、著書から「大いに裨益を受けました」と礼状を送っている。

高島の『……一揆乃解剖』は、新しく入ってくる川越松平氏の誅求（重税を課してむりやり取り立てる）をおそれ、また、酒井家と庄内農民の債権を失って蒙る大損害を防ぐために、本間が一揆を組織・煽動したと断定している。動員の手段は農民たちへの債権督促だった。農民たちは、藩主・酒井家からも債権を督促され、二重に責め立てられていた。しかし、問題の根は酒井の転封にあり、これを阻止すれば督促は免れると示唆されて一揆に加担してゆく。

『……一揆の解剖』は、農民たちが起ちあがる大きな構図を描きながら、庄内藩における本間の特権的地位、藩財政をほとんど一手に賄っている状況などを分析し、一揆の具体的な組織者――庄内における本間辰之助、文隣、江戸の佐藤藤佐らがすべて本間との縁戚もしくはごく親しい関係にあったこと、さらに佐藤藤佐は矢部定謙が勘定奉行時代に親近したことなどを明らかにしていく。「『天保快挙』とは、まことに農民を動員することに依って目的を達した本間家にとっての快挙であった」と結論づける論述は、そうだろうと確信させるものがある。

ただ、これを歴史の事実と断定する記録で裏づけされていない。本間の酒井家や農民たちへの貸付金はどれくらいあったのか、一揆煽動のために本間は一体いくら使ったのか……。『……一揆の解剖』は隔靴掻痒である。傍証、状況証拠にはこと欠かないが決定するものがない。おそらく、注意深くそれらを消してしまったからだろう。藤沢周平が裨益を受けたといいながら高島の説を採らなかったのも、そのあたりのことによると思われる。

歴史とは何なのか

ではなぜ、藤沢周平はその「義民」をタイトルに使ったのだろうか。

藤沢周平の初期作品に「又蔵の火」がある。文化八（一八一一）年に庄内・総穏寺境内で起きた、年下の叔父・土屋又蔵が兄の仇として年上の甥・土屋丑蔵と果たしあった仇討ち事件を描いたものである。又蔵と丑蔵のあいだに血のつながりはない。身内の死闘、両者相討ちの結末は、当時藩内に大きな衝撃を与えた。

二人が果たし合う事情をごくかいつまんで言えばこうなる。

百五十石の家中土屋久右衛門は、跡取りが病死したことから才蔵・九十尾の夫婦養子をもらって跡を継がせた。久右衛門は隠居し妾を持ったが、万次郎と虎松という二人の男児をもうけた。この虎松が又蔵である。才蔵は、万次郎に自分たちの娘と娶せて土屋家を継がせようと考え、久右衛門も了解するが、万次郎は年を経ると放蕩をつくし、ついに座敷牢に閉じ込められる。

虎松の手引きで牢を破った万次郎は、数年後、立ち戻ってきたところを捉えられ、城下に護送される。赤川の渡しでうまく手縄をほどいて斬りかかるものの、護送についた甥の丑蔵に逆に討たれてしまう。万次郎の亡骸は総穏寺に葬られた。虎松はひと月後にそれを聞き、江戸に出て辛苦の末に剣をおさめ、帰郷し、機をうかがった。

ざっとこのようなことであるが、藤沢周平がこの話に動かされたのは、兄を思う弟の心情とともに、この仇討ちを「武士道の鑑」として賞賛する声にあったと私は考えている。

藤沢周平には、戦時下の日々をふり返って身を捻るような悔恨がある。

自分の意志として予科練受験を選んだのではなく、「当時の一方的な教育と情報、あるいは時代の低音部で鳴りひびいていた武士道といった言葉などに押し流されて、試験を受けた……しかも私はその時、級友をアジって一緒に予科練の試験を受けさせたりしたのだから、ことはプライドの問題では済まない」(「『美徳』の敬遠」、『ふるさとへ回る六分は』《新潮文庫》所収)と、思い出してもおぞましい記憶である。

又蔵・丑蔵の仇討ちの碑は一九三七年、日中戦争が全面的に展開されるその時に、総穏寺に建立された。「武士道の鑑」と前面に彫り込まれ、背面の像竣工碑「土屋丑蔵虎松刺違ヲ約スル像」には「真ニ武士道ノ精華ニシテ我國復仇史上無雙ノ美學ナリ」と刻まれた。「武士道」の言葉に流されて級友をアジった藤沢周平が、心おだやかにこれを見るわけがない。又蔵が兄に代わって言うべきことがある、と仇を討つ決心をして江戸に出るのが十九のとき。小説ではそれから五年後に果たし合う。又蔵の人生は、十九で死を選んだときにすでに終わっている。それが「武士道」の名で賞賛されてよいのか──藤沢周平はそこに自分も歩もうとした同じ道を見たことだろう。

であるとすれば、同様の意図で歴史に登場させられた「義民」を、なぜ、あえてタイトルに使ったのだろうか。藤沢周平は中公文庫版「あとがき」で、子どものころから聞かされた天保義民の話には反感を持っていた、百姓たちが旗印にした、百姓たりといえども二君に仕えずには媚がある、私は不愉快だったと述べ、こうつづけている。

だが書き終ってみると、この事件に対する感想には、また少し別のものが加わったようである。

百姓たちは、なぜ旗印に二君に仕えずと書いたのか、また建札になぜ自らを忠義一同と記したのか。あるいは彼らが残した記録に、なぜ辟易《へきえき》するほどしばしば、藩の善政をたたえ、その恩に報いる旨の記述があるのか。

そこに彼らの建前的虚飾、つまり百姓側の知恵をみることは容易であり、その見方はおおよそのところで正しいと思われる。事実彼らの行動には周到な計算があったようである。だが行動のすべてをそういうものと考えることは、一面的のそしりを免れないかも知れない。領内が騒然と一揆に動く前、彼らは藩主に餞別として米を贈り、また引移りの支度に必要な縄、筵の類を、藩が買い求めたとき、村々からは夥しい量の縄、藁、筵が寸志として献上された。中川通だけで、二百二十二万四千ひろの縄が献上されたと記録にある。二百年の間に培《つちか》われた藩主に対する素朴な親近感の存在も否定出来ないようである。だから、運動の昂揚《こうよう》の中で、彼らが自らを忠義一同と信じなかったとは言いきれない。そういう人間もいたのである。

ここには、たとえば義民佐倉宗五郎の明快さと直截《ちょくせつ》さはない。醒《さ》めている者もおり、酔っている者もいた。中味は複雑で、奇怪でさえある。このように一面的でない複雑さの総和《そうわ》が、むしろ歴史の真実であることを、このむかしの〝義民〟の群れが示しているように思われる。あるいは誤解されかねない義民という言葉を題名に入れた所以《ゆえん》である。

万事承知のうえであえて使ったという作者の説明で、あるいは尽きているのかもしれないが、もう少し考えてみたい。というのも、「義民」にこだわるのは私だけではないからである。近世史研究家で藤沢周平をよく読み込んだ先述の青木美智男もまた、著書『藤沢周平が描ききれなかった歴史——「義民が駆ける」を読む』(柏書房)で、藤沢周平が依拠した文献の分析を通じて考察している。

青木の指摘するところでは、藤沢周平は清野鉄臣編『荘内天保義民』に全面的に依拠しているが、清野のこれは、庄内藩士・内藤昇が編集した『合浦珠《がっぽのたま》』という六十巻におよぶ記録を義民顕彰の目的のもとに翻刻したものであり、『合浦珠』には「義民」の言葉はなく、『荘内天保義民』に収められた文書も『合浦珠』のごく一部に過ぎない、という。そして、藤沢周平は、『合浦珠』の存在を承知していただろうし、その全容に触れ、収録されている文書をベースに小説の構想を練っていれば、題名も筋書もかなり違ったものになったのではないか、藤沢周平はこの根本資料を見落としていたか、あえて採用しなかった、と青木は推測している。

天保「義民」を描くことだけであるなら、青木の推測は正鵠を射ているように思う。しかし小説は、「義民」を描くことで読者に伝えたいものがあったはずである。私はその点で、この小説が主人公を特定せず、集団を描いていることに注目する。集団は、水野忠邦ら幕閣、藩主忠器と大山庄太夫ら藩政中枢、財政の要・本間、西郷組書役・本間辰之助や僧・文隣といった中間層・知識人、そして決起し江戸へ上る農民など多階層に渡り、それぞれにリーダーはいるものの一人ではない。しかも、各層は単彩でなく、藤沢周平が言うように、農民層で見ても自らの利害得失で動く者もいれば藩主への親近から起ちあがった者もいる。タイトルは「義民が駆ける」となっていて、「義民」が幕命撤回のために大きな力を発揮したことは疑いないが、諸層もまた必死の力を尽くしたことが、この小説ではよく分かる。

藤沢周平は、歴史が「一面的でない複雑さの総和」であることを、「義民」に象徴させて描こうとしたのであったかもしれないが、小説世界は、巨像に刃向かう蟻に似た、庄内諸層の必死の怒りと行動が動かぬ歴史を揺り動かす、その機微、あるいは真を語っているのである。国の最大権力に立ち向かって勝利をおさめるには、なにより根本の、人民と言ってもいい農・町民たちの力を大きくまとめ、それを含む諸層の、異論・異見を棚上げして合わせた力、それによってまた別の新しい力を生みだすことが重要なのだ、ということを言いたがっているのである。

「武士道」をおぞましく思う藤沢周平にとっては、「義民」という言葉もまた同じである。しかし、その言葉をあえて使うことによって、歴史とは何なのか、歴史を動かす力がどこにあるのかを考えてもらいたいと願ったように私には思える。

藤沢周平がこれを連載していた一九七〇年代なかば、わが国は六〇年代に各地で築いてきた革新自治体がつぎつぎと保守勢力に奪い返され、革新勢力自体も内部の齟齬がひろがって分裂する様相を見せていた。藤沢周平がそれに関心がなかったとは、私にはとうてい思えないのである。「義民」の文字に藤沢周平が込めたのは、我を捨てて力を合わせよ、という単純でしかしもっとも難しいことだったのではないだろうか。

さらに考えをのばせば、この庄内の農民たちは以後、二度にわたって大きな一揆を起こしている。藤沢周平は、あるいはその庄内地方の歴史に思いをめぐらせたのかもしれない。

明治二(一八六九)年、戊辰戦争で敗北した庄内藩に会津への転封が命じられ、移る直前に磐城平へと転封先が変更された。これを阻止するために、ふたたび本間が暗躍する。天保期に大活躍した西郷組の本間辰之助の息子・辰之助良許がこれまた中心人物となり、農民を説いて決起させ、上京して政府当局の重職たちに数十回におよぶ訴願を組織した。転封撤回の訴願理由もまた天保期と同じで、酒井家歴代のご恩沢をあげ、藩主と別れたくないというものだった。

農民たちの訴えは、朝廷を慮るところから藩主・酒井家を軽んじる言葉も交じるなど矛盾の大きいものだったが、一揆や直訴の収束を望み、また、財政の窮状に悩む明治新政府は、庄内藩からの献金の申し出を受け容れ、七十万両で転封撤回を約束する。藩は領内の藩士、町人たちに資産に応じて用金を命じたが、「御永城寸志金」と称したそれの半額近くは農民からの強制徴収だった。三十万両を収めたところで酒井家の庄内復帰が認められ、翌年、朝議で大久保利通らが異議を唱え（大蔵大輔・大隈重信の判断に不満があったのだろう）、残金四十万両の免除が決まった。

問題はその後の庄内である。領民には献金で転封命令が撤回されたと伝えて半額免除を秘匿し、寸志金調達をなおつづけたのである。戊辰戦争時の賄代や兵糧・人足・諸物品の代金など、農民たちへ支払う分も寸志金に繰り入れた。そして、それを旧藩士らの生活保障や開墾事業の費用に充てた。私腹を肥やしたのではないかという噂も流れた。

明治二年から四年にかけてのその時期、庄内藩は大泉藩から大泉県、さらに酒田県へと変わり、旧庄内藩家老松平親懐が大参事（いまの正副知事）、菅実秀が権参事（同、副副知事）

に任じられた。明治新政府による転封回避を藩政の中心になって処理した二人は、県体制へ移行したのを受けて、旧藩士三千数百人の生活保障のためにと、酒井家が持っていた田川郡の後田林の開墾を手がけた。そのための膨大な費用を転封阻止のために徴収した献納金を流用したのは前述したが、加えて、農民を開墾のための労働人足にかり出し、病気で差し支える者からは役（労働を税金で代替する）を取り立て、そのうえに開墾費用がいると別途徴収した。

ちょうどそのころ、地券（土地の所有権）調査とさらに地租改正による税の納入のために多くの費用を必要としていた農民たちは、米価の上がっているときでもあったので金納を望んだ。じつは、税の納入は金納でよいことになっていたのを、松平や菅は領民に知らせず、相変わらず米の現物で徴収していたのである。山居倉庫で分かるように、米価の上がる端境期に米を倉庫から出してさらに高値で取引し、暴利をむさぼるためだった。

こうして、二重三重、四重五重にも農民たちを収奪していた県政の非道を告発すべく、明治七年、県内の十五カ村の総代として農民代表四、五名が上京し、内務省に出頭して税の金納そのほかを嘆訴した。農民たちは、これが解決すればワッパ（曲げ物でつくった弁当箱）いっぱいもの金を取り返すことが出来る、と励まし合った。

農民たちは、自由民権思想にも支えられてよく組織的に県政に抵抗した。松平、菅らはこれに私兵(旧藩士)を動員して弾圧にかかり、政府も黙過できずに三島通庸を県令として赴任させた。三島は旧藩時代の戸長村吏を解職するなど若干の県政改革をおこなうとともに、一揆の首脳者検挙に力を注ぎ、領民を威圧した。三島は、松平たちの強欲な収奪を問題にもしなかった。農民たちの過納金は返付される気配もなかった。

だがそれも数カ月のことだった。森藤右衛門は元老院に十カ条をあげて県政の調査を願う建白書を提出し、そのことが新聞に報じられた。ことは判事児島惟謙の知るところとなり、児島を通じて大久保利通に具申され、鶴岡で臨時裁判所が設けられた。西南戦争後の明治一一年、審理の結果が伝えられ、松平親懐に有罪、懲役一年が申し渡されたほか、合計六万八千円余の下戻しが告げられた。

農民側の勝利であったが、森は松平だけにせず三島の専断政治をも糾弾しようと、その放蕩ぶりを新聞に投書するなどして抵抗した。三島は下戻金を農民に返還せず、県の土木費として献納させようとした。森たちはその理不尽につよく反対するが、下戻金は三島の手中にあって如何ともしがたく、三島の命令に従うしかなかった。

ワッパ一揆はこうして終わりを迎える。

天保の国替え阻止(一八四〇年)からワッパ一揆の収束(一八七九年)までおおよそ四十年、世代がくるりと一代替わったとき、農民たちはまったくちがった姿を見せて歴史に登場した。藩政、藩権力の維持に奔走した父親たちとはちがって、新政府の権力、政治のありようを問いかけて抵抗した。息子・孫たちは、自由民権の「思想」をたしかに握りしめていた。

藤沢周平が庄内の「義民」に見ていたものは、そうやって歴史に鍛えられ、学び、成長する、為政権力とどこまでも対等に対峙する、ほんとうの「義民」だったのではないだろうか。

武家支配のきしみ、庶民のくらし

――「よろずや平四郎活人剣」

よろずもめごと仲裁

神名平四郎が村松町与助店の軒下に「よろずもめごと仲裁つかまつり候」と看板を下げたのは、庄内藩の転封騒ぎが一段落した直後だった。

平四郎は、幕府目付をつとめる一千石の旗本・神名監物の末弟、世にいう冷や飯食いである。全二十四話の短篇連作は、友人の明石半太夫・北見十蔵と剣術道場を共同経営しようとした平四郎が、明石にだまされてやむを得ず長屋に移り住むことになったところから話が始まる。だまされたと言っても、北見は事情があるのだろうと多分に同情的であり、平四郎とて心底から怒っているわけでもなく、三人は友情に結ばれている。

物語は、天保の改革（老中首座の水野忠邦が家斉の退隠後の天保九＝一八三八年ごろから着手した幕政改革）、蛮社の獄（天保十年）を背景に、神名監物と鳥居耀蔵の対立、改革派・水野忠邦に対抗する堀田正睦らの動きなどを縦糸に、平四郎の許婚だった早苗の消息をからめて展開する。高野長英が獄中から肉親に宛てて書いた「蛮社遭厄小記」には、同じ書名で幕府の蛮社弾圧への批判と遠大な対外政策を書いたもう一冊があり、その争奪をめぐって暗闘が繰り広げられることや、天保の改革で江戸市中から町人たちの楽しみが消え、幕政に対して不満を募らせる様子が随所に点描されるなど、創造世界とはいえ虚実を織り交ぜて幕藩制の揺らぎやきしみをよく伝えるものになっている。

第二話「浮気妻」に平四郎のこんな感懐が描かれている。することもなく入り口の敷居で鼻毛をぬいている平四郎に、同じ長屋の女房が「旦那、ひなたぼっこですか。おひまでいいですねえ」と小バカにした挨拶を残して通り過ぎて行ったときである。

——ま、気にせぬことだ。

と平四郎は思った。武家が武家であることだけであがめられた時代が、徐徐に過ぎつつあるのを平四郎は感じている。

天保に入ってから、全国に飢饉が相つぎ、ことに天保七年の飢饉は、奥羽の死者十万といわれた大飢饉で、江戸でも米塩の値段はうなぎのぼりにはね上がった。この情勢を背景に、三河加茂郡、甲斐郡内地方に起きた一揆は、領主、代官も押さえかねる勢いだったことは江戸まで聞こえて来て、矢部道場でもひそひそと噂されたことはまだ記憶に新しい。

郡内騒動の翌年には、大坂で東町奉行所の元与力で陽明学者でもある大塩中斎が反乱を起こし、大砲を放って大坂の町を焼く騒ぎとなったが、大塩が率いた人数の大半は、暮らしに喘《あえ》ぐ市内の細民、近郷の貧農だったことが知られている。また昨年暮にはじまった羽州荘内領農民による、藩主転封引きとめの一揆は、今年に至ってついに幕命撤回という未曾有《みぞう》の裁決を勝ちとっている。つい二月ほど前のことだ。

幕府の屋台骨、武家支配の世の中に罅《ひび》が入って来た感じは疑い得ない。平四郎がそう思うぐらいだから、二百四十年の間お布令《ふれ》に縛られて来た町人百姓が、そのことを感じ取らないわけはない。裏店の左官の女房お六が、がさつな口をきくのも無理ないわ、と平四郎は思う。そして実際、この節浪人などというものは掃いて捨てるほどいるのだ。裏店の連中にしても、武家だからと言っていちいちあがめた口などきいてはいられないということだろう。

——それでけっこう。

『オール讀物』に一九八〇年十〜八二年十一月号まで連載されたこの小説世界は、こうして「幕府の屋台骨、武家支配の世の中に罅が入って来た」様子を、幕政の中枢をふくめた武家社会と、ぐっと視線を下げて江戸市中の庶民生活という二つの世界からのぞいてみる趣向になっている。

前述した高野長英「蛮社遭厄小記」の別書についても、これが鳥井耀蔵の手に落ちれば、蘭学の徒は根こそぎ検束され、高野、渡辺崋山らも極刑を免れないと憂慮する堀田らの意向を受けて、平四郎が活躍することになっている。蛮社とは、蘭学を野蛮な学問として旧来の国学者たちがこう呼んだ。

幕閣のあいだには、蛮社の獄からつづく天保の改革をめぐって、水野の強権的なやり方への批判はくすぶっており、水野は妖怪と綽名された腹心の鳥井のやり方をこころよくは思っていない。鳥井は幕府の文教部門を司る林家の出身であり、弾圧は執拗だった。その鳥井は上知令（江戸や大阪周辺の大名・旗本の領地を幕府の直轄地とし、幕府の行政機構を強化するとともに、江戸・大阪の治安を維持しようとした）をめぐって幕閣・大名のあいだに反対がつよいとみると寝返り、土井利位に機密書類を横流しして水野を失脚させるなど、徳川家康が江戸に幕府を開闢して二百四十年、その幕府中枢の対立、腐敗の点描には、作者・藤沢周平の強権ぎらいも反映し、読む者に重い印象を残す。

天保の改革が江戸庶民に何をもたらしたのかについても、作者の筆はきびしい。第八話「離縁ののぞみ」にこう描かれる。

曇り空で、肌寒い二月の午後である。道を行くひとびとは、何となくうつむき加減に肩をすくめて歩いていた。どことなく威勢が悪い通行人の姿が、平四郎には、ただ寒いからというだけのことでなく、近ごろの不景気とつながっているようにも思えて来る。老中水野忠邦がすすめる改革は、じわじわと市民的暮らしをまわりから締め上げて来ていて、世の中が少しずつ窮屈になっている感じは拭《ぬぐ》えないのだ。

幕府は、去年の十月七日堺町の芝居小屋中村座から火が出て、隣の葺屋町にある市村座も焼けたのを好機に、そのまま両座の再建を禁じ、暮になって両座と木挽《こびき》町の森田座、俗に江戸三座と呼ばれる芝居小屋を浅草の園部藩下屋敷あとに移すことを命じた。三座が、猿若町と呼ばれることになった下屋敷あとに移転を終ったのは、この正月のことである。

また二月に入ってからは、市民に人気がある娘浄瑠璃などの寄場《よせば》、およそ五百軒を閉じさせた。神道講釈、心学、軍書講釈、昔話などの寄場十五軒だけは残したが、色気ない講釈ものに、残されたからといって人が殺到するはずもなく、市民の楽しみは著しく奪われたというべきだったが、水野ははじめ、芝居小屋は三座ともにつぶすつもりだったというから、講釈ものの寄場を残したのもお情のつもりだったかも知れない。

間もなく吉原以外の岡場所は、ことごとく取り払われ、料理茶屋、水茶屋に商売替えを強いられるだろうというわさに、はやくも転業をはかって店を閉じる家が続出し、いわゆる盛り場は火が消えたようになってしまった。しかも改革はこれからが本番で、一枚摺りの役者絵、遊女絵はご法度《はっと》、絵草紙の類も忠孝貞節、勧善懲悪ものなど、お固い中身のものをのぞいては出版まかりならない。下品な人情本などはもってのほかということになるらしかった。

むろん博突《ばくち》、富くじは徹底して取締られ、女髪結も禁止、入れ墨や顔を隠すかぶりものなどもご法度、けばけばしい彩りのものは凧絵《たこえ》といえどもつくれなくなるだろうと言われている。

水野老中は、諸色《しょしき》の高騰《たかあが》り、風俗の紊乱《びんらん》、身分序列の混乱など、いまの世の諸悪はすべて、上から下まで分を越えたぜいたくに耽《ふけ》っているところから来るとみている。しかし世の中の仕組みは、一見無駄な費えと思われる金が動くことによって、暮らしが活気を帯び、市民が活力を呼びおこされるように出来ているので、無駄を一切廃止するということになると、世の中が陰気になるのは避けられなかった。

そういう水野の改革に対して、たとえばいささか下情に通じている北町奉行遠山景元《かげもと》、さきに失脚した南町奉行矢部定謙などはひそかな批判の意見を持っていたが、水野の改革の意志は断乎としたものだった。水野は、改革の実行によって市中の商人が離散し、江戸がさびれてもかまわないと言い切っていた。

そしてその水野には鳥井耀蔵という、忠実な共鳴者がいた。南町奉行にすすみ、叙爵して甲斐守忠輝《かいのかみただてる》となった鳥居は、就任以来の徹底した取締りぶりから、はやくも酷吏の評判をたてまつられている。もと目付の非情で仮借《かしゃく》のない眼が、いまは江戸市民に向けられているのである。

――元気ないな。

何となく陰気な通行人を眺めながら、平四郎はそういう世の流れを思いうかべている。ついでに、無職の浪人者などもきびしく取締られると聞いたことを思い出し、おれの商売は大丈夫かねとも思った。


長い引用になったが、この時代の江戸庶民を覆った暗鬱な空気がよく描かれている。長期政権の家斉時代に傾きすぎるほど傾いてしまった幕府の屋台骨を建てなおすのに、水野は水野なりに苦心したのであろうが、歴史時代はすでに幕藩制ではもたなくなっていた。平四郎が見るように、武家であるだけであがめられていた時代ではもはやなかったのである。

しかし、その時代にもなお人は生きていかねばならない。水野・鳥井に対抗する兄監物と背後の堀田たちは幕政を自分たちの手に取り戻そうとして、平四郎は浪人になり「よろずもめごと仲裁」などという奇妙な仕事から剣道主への道を求めて、そして市井の庶民はその日その日を懸命に。その姿を、藤沢周平はていねいに描き出す。

掃いて捨てるほどいる浪人

ところで、「掃いて捨てるほどいる」浪人のことである。

平四郎はいま、一千石の旗本家を出てそれになろうとしている。冷や飯食いと揶揄される武家の二男以下は、他家に婿養子に入るほかは、剣か学問で身を立てる以外に一家を構える道はなかった。平四郎は、妾腹の子であるとはいえ亡父が晩年、それも中気の身で、台所働きの下婢に生ませた子どもだった。神名家の者にいわせると、素性もたしかでない女、と扱われた母親は、平四郎を生んだあと体をこわし、家に戻されて病死したという。そういうことを知ったのは、平四郎が十六か七のときだった。妾腹ということでは同じであっても、素性のたしかな女が生んだ三弟は人がましく扱われ、しかるべき家に婿に入っていることといい、平四郎は荒れた。通っていた矢部道場での猛烈な稽古は、師を驚かせた。

その平四郎にも、一度は日が当たろうとした。行く末を案じた亡父が、死ぬ前に婿養子の縁組をまとめてくれたのである。塚原という三百石の貧乏旗本だった。平四郎が十九、塚原の娘が十四のとき、対面した。それが早苗だった。しかし翌年春、塚原の家は突然、取りつぶされた。塚原の本家の当主が不正事件で切腹させられた事件に連座し、改易処分を受けたのである。

江戸時代も末期になると大名家の改易（いまでいえば更迭）はほとんどないが、財政難から人減らしをする藩・家が多く、また、江戸地回り経済と呼ばれる、江戸の大市場を目当てにした経済圏の発展によって種々の職業が生まれ、日金を稼いで暮らしを立てることが容易に出来るようになった。それによって浪人もまた暮らしやすくなり、さらに時期がすすむと、脱藩浪人（浪士）が増えた。

浪人といっても、つとめをはたす主家を持たないというだけで、士籍を失って町奉行の支配下に置かれたものの名字帯刀は許され、武士の扱いは受けた。農・町人など非武士身分でありながら勝手に帯刀し、名前を名乗り、浪人になる者も次々と現れた。

一方、天明以来の相次ぐ大飢饉と商業経済の発達によって農業経営が破綻し、生活困難に陥った百姓のなかから無宿人が溢れるようになった。宗門人別帳から外された彼らは、江戸に集中して浪人を名乗る者も出たが、博徒となって在郷する者も少なくなかった。

江戸地回り経済の発展や街道筋の輸送につく人足の手配などから、金と人の往来が増え、博徒は次第に一家を構え、なかには十手を預かって二足のわらじをはく者も出た。諸街道が整備されて集中し、流通経済が発展した甲州は、小藩に囲まれた幕府直轄領ということもあって（治安維持にあたるのは百人ほどの勤番藩士と代官所つとめの若干、事件を起こしても他領に逃げこんだ）、甲州博徒などと呼ばれるほど著名な博徒が出た。

駿河の清水次郎長との抗争を繰り広げた黒駒勝蔵を始め、勝蔵の親分であった竹居安五郎、ふたりに敵対した三井卯吉、卯吉の子分・国分三蔵、祐天仙之助、次郎長と同盟した津向文吉、甲州博徒の先駆けとなった西保周太郎などが知られる。黒駒勝蔵は幕末、赤報隊から薩長軍の遊軍隊に加わって東北地方を転戦した。祐天仙之助も新徴組に加わったが、仙之助を仇とする隊士に討たれている。

甲州の博徒が注目されるようになった一つに、前述の平四郎の感懐にあった天保七（一八三六）年八月に起きた天保騒動と呼ばれる百姓一揆がある（郡内騒動、甲州騒動などともいわれる）。全国的な冷夏による飢饉、米価の高騰、加えて郡内地方における織物不況の打撃などから百姓たちが起ちあがった。当初は統率された一揆勢だったが、郡内から国中へと進むと「悪党」と呼ばれる無宿人や博徒が加わって暴徒化し、鉄砲や槍で武装して強盗、火付けなど逸脱行為をするようになった。一揆は甲斐一国規模にひろがり、幕府は駿河の沼津藩、信濃の高遠藩に鎮圧のための派兵を命じた。韮山代官の江川英龍も騒動の波及をおそれ情報収集に努めている。

江戸時代における徒党・強訴・逃散など百姓一揆は千四百三十件を数えるが、武器を使用した事例は十四件しかない。しかもその大半は十九世紀に入ってから（十三件）で、天保に入ってからのものが八件といわれている。一揆における放火の事例も十四件で、天保に入ってからのものが七件である（『編年百姓一揆史料集成』、須田努『幕末の世直し　万人の戦争状態』より）。それぞれ一％に満たない武装、放火であるが、武装して乱暴狼藉をほしいままにし、火付けまでおこなった事例はいずれも天保期に入ってからの四件しかなく、天保騒動を最後にしている。

百姓一揆は、総じていえば処遇の改善を求めて秩序を保って訴願するものであったのが、天保騒動はその規模といい、手段手法といい、まったく様相を変えてしまった。騒動の様子は、瓦版などで江戸市中はもとより関東各地に伝えられ、百姓たちにはみずからに潜在する力を確信させ、為政者である武士階級をおそれさせた。騒動につづく大坂での大塩平八郎の乱（天保八年）、相次ぐ異国船の来航と相まって内憂外患を深くさせた。甲州に隣接する多摩地域などでは庄屋が率先して治安維持のために剣術を奨励し、知られているように、やがて新撰組を構成する素地がつくられていった。博徒や無宿人の横行なども相まって農民の武装も進み、そこからまた浪人を名乗るものも生まれた。

甲斐国内では博徒の取り締まりが強化され、斬殺や射殺もやむ無しとする布令も出された。それだけ、地域社会において博徒が根を下ろしていたのであろうが、博徒の方も親分の統合などを進めて対抗策をとり、大一家を形成するようになった。彼らどうしの抗争は、代官所などの小権力では抑えられないことも多々生まれた。

ひとことで浪人と呼ぶものの、幕末には事ほどさように多様なかたちで生み出されたといえる。それもまた、幕藩制のきしみであるのかもしれないが、平四郎と明石半太夫、北見十蔵は、その点では由緒正しき浪人（かつての時代なら「牢人」の字をあてるのがよいのだろう）である。

明石は肥後熊本、北見は仙台浪人で、三人は雲弘流の矢部道場で知り合った。雲弘流は、仙台藩士の井鳥巨雲が雲流に工夫を加え、江戸で流派を開いたものだが、息子が肥後藩剣術指南になり、肥後雲弘流を開いている。三人とも筋のたしかな雲弘流の、腕の立つ剣客である。藤沢周平がたとえ時代読み物であるとしても人間の関係をぞんざいに描かないのは、こういうところにも表れている。

江戸幕末の三大道場として、よく「技の千葉（玄武館）、力の斉藤（練兵館）、位の桃井（士学館）」といわれる。しかし、これは松崎浪四郎という剣客が対戦の経験から明治に入って言ったものらしく、幕末にそのように噂されてはいない。いずれにしても幕末の江戸は剣道場が多く、出身地や藩を越えて交流する場となった。坂本龍馬も桂小五郎も、江戸に出てきて道場に通い、尊皇攘夷の思想を教えられ、また交流し、それを故郷に持ち帰ったり、友人間を歩いて流布した。幕末の剣道場は、学塾とともに地方と江戸との人と思想を循環させる役割をになったといえる。

しかし、攘夷が激しくなるまでは、江戸の大多数の武士にとって剣はさほど重要なものではなかった。少なくともそういう意識だった。

幕末につくられた「武芸立身双六」は、振り出しが囲碁、次に生け花、茶の湯、狂言、香、将棋、相撲、蹴鞠、謡、和歌。そして薙刀、乗馬、儒学、そろばん、柔術、槍とつづき、最後に剣術を習って「あがり」だった。

剣術はむしろ、地方にいて真剣に内憂外患の打破を思う若い武士や農・町民の拠り所となった。幕府もまた遅ればせながら一八五六年に講武所を設置し、剣術部門は男谷精一郎・榊原鍵吉（直心陰流）、伊庭軍兵衛・三橋虎蔵（心形刀流）、井上八郎（北辰一刀流）、松平忠敏（柳剛流）、桃井春蔵（鏡心明智流）など、江戸後期に生まれた新しい流派の者たちが師範に名を連ねて、所生に教授した。

一刀流と神陰流の流れをくむ直心陰流の他は戦国時代に生まれた伝統流派と関わりを持っていないところに、設置者の意図を垣間見ることが出来る。そういう時代に入る直前に、平四郎たちは剣道場を開こうとしている。きしみがきているとはいえ、幕府がほどなく崩壊するなどとは思ってもいなかったろう。


話は少しそれるが、早苗のことである。嫂から早苗を町で見かけたと聞いた平四郎は、友人に探索を依頼する。彼の調べによれば、早苗は、親が御家人の菱沼惣兵衛に借りた二百両が五百両にふくれあがって返せなくなり、借金のかたに惣兵衛の妻となっていた。知行地をもたない御家人にとって江戸の物価高は悩みの種だった。窮乏する暮らしに耐えかね、内職で家計を支えることが一般化していた。たまたま小金をもっていた惣兵衛は、頼まれて貸すうち、それがなかば本業になった。欲がからみ、二百両をたちまちのうちに五百両にしてしまう仕組みを当然のようにした。

磯田道史『武士の家計簿』(中公新書)によれば、加賀藩の場合、江戸時代の一般的な藩士は平均年収の二倍の借金を抱えていたという。他藩の藩士も同様あるいはもっとひどかったと推測されるが、幕府も各藩もそれを無視できず、江戸開府初期から設けていた種々の貸付金制度をよりひろげたり、審査を厳格にしたりといろいろ手直しした。幕府の制度でいえば、大名、旗本などへの災害救済などを目的にした拝借金や町・農民向けの公金貸付、旗本・御家人限定の御貸付金などがあり、また、江戸町会所や猿屋町会所を設けて地主の普請や札差への金融をおこなっていた。

各藩もまた、藩士や領民への金融制度をそれぞれ独自に設けた。藩は財政難のために俸禄の一部を「借り上げ」と称して削減したが、それが常態化する幕末になればなるほど返済される見通しはなく、藩士の窮乏は増すばかりだった。

商人による武家相手の金融業も江戸時代は盛んだった。初期は定期的な年貢収入があり、リスクの少ない取引相手だったが、中期以後は財政難の家の踏み倒しも増えた。加賀藩では、領民への利子が一〇〜一二%であったのに対して藩士には一五〜一八%の利子を取ったといわれている。前章で述べた庄内藩における本間のように、豪商が藩の財政運営を押しつけられ、それを利用して蓄財する例も少なくなかった。

明治維新になって政府は藩の借金を肩代わりしたが、記録によると（大石慎三郎『江戸時代』、岩波新書）、天保十四（一八四三）年以前ならびに年号不明のものを旧債として約千二百万両を破棄し、天保十五年から慶応三（一八六七）年までを中債として約千百万両、明治元（一八六八）年から五年までの新債千三百万両を新政府が引き受けたという。徳川幕府からの借金は肩代わりしないなどの条件がついているので、藩が抱えた借金はさらに多額なものだったろう。

武士の借金先には親類や同僚なども多く、互いの経済状態が分かるだけに融通もしやすかったと思われるが、利子は高かったようである。

よく、武士の縁組に家格や格式が重視されるが、親類になれば同時に金融取引の相手にもなるだけに経済状況が同じぐらいの方が都合がよいと考えられたためである。相手の家格が低いと借りられる金額が少なく、逆に高いと、自家の収入では融通できないような多額の借金を申し込まれて対応できなくなる。「釣り合わぬは不縁のもと」とはよく言ったものである。

そのような武士の借金事情であるが、菱沼惣兵衛の場合、折からの天保の改革で鳥井の手にかかり、綱紀粛正のもとに金貸しを咎められ、いっさいの証文を焼かれてしまう。その機に乗じて、平四郎は惣兵衛に去り状を書かせる。いささか強引で兄の名を持ちだしてまでの強談判だが、早苗への一途な思慕のなせる業でもあった。

惣兵衛の家を出た早苗は、平四郎と生活をともにするようになる。平四郎は、晴れて剣道場の開設と新所帯を同時に手にする。武家社会のきしみはともあれ、平四郎はいま、しあわせの絶頂にある。

「義民」再考

そのような平四郎にはいささか野暮な話になるが、前章でも触れた「義民」のことをいま少し考えてみたい。庄内藩に降って湧いた三方領地替えを阻止した百姓たちを、ことさらな「義民」と呼んだのは一九三〇年代半ばのことと紹介した。庄内の地を「君臣一体の情義、融和の状、我が国体の精華を実顕したるものにして東洋政治の理想郷」とのべ、「義民」はその風土が生んだものとして、「満州事変」に始まる、日本を泥沼の十五年戦争に引きずり込んだ「国体」思想の精華と位置づけたのだった。

しかし、百姓一揆をこのように位置づけた例は、ほかに聞かない。無謀な侵略戦争へ駆り立てるために、あるいは各地でそれに似た話も作られたかもしれないが、伝説になるまでには至らなかったと思われる。その点でも、庄内は特別の伝説づくりだったといえる。

私などの理解では、「義民」は多くの場合、自由民権運動のなかで言われ出し、幕藩制・封建体制への人民の抵抗として再評価されたというもので、たぶん、多くの人がそうだろうと思っている。京都・宮津で天橋義塾を設立し、民権活動家として活躍した小室信介（一八五二―一八八五）による全国百姓一揆物語集『東洋民権百家伝』（明治十六＝一八八三年発行、一九五七年に小室編、林基監修、岩波文庫として出版された）を、その好例と教えられた。『東洋民権百家伝』は、出版されてまもなく講談で語られ、民権思想の普及に大いに貢献したといわれている。文庫本の林の解説によれば、言論弾圧を逃れる方法として民権思想家たちが講談家となり、やがて、民権運動が高揚してくると本職の講談師も語ったという。

維新を経た明治初期の東京には、二百を超える寄席があり、落語と講談がその花形だった（倉田善弘『明治大正の民衆娯楽』《岩波新書》）。新政府は庶民の娯楽にもなかなかきびしい統制を加え、講談には勧善懲悪ものを奨励し、「淫風醜悪」なものや天皇制への非難を禁止した。大変革を体験した庶民の側も、釈台《しゃくだい》を張り扇で叩いて「見てきたようなウソ」を語る、従来の、荒木又右衛門や宮本武蔵などの武勇伝、お富与三郎や鼠小僧などの話、川中島や姉川の合戦記等々では満足しなくなっていた。

講談師たちは知恵を絞ってあれこれと新しいネタをこころみたが成功せず、一八八一（明治十四）年には、「上等講談師が十名臨時会議を開きて、当節がら、いつまでも見て来たような虚言ばかり吐いていては、終には聴人がなく、張扇と共に口も叩き上がるべし」、これからは、国会とか憲法とかいくらか人のためになることをしゃべっていこう、などと話し合ったといわれる（「東京日日新聞」一八八一年五月九日付）。

こうした状況のなかで、民権思想を普及したい活動家と、なんとか講談をつづけ、暮らしを成り立たせていきたい講談師の側がドッキングする。折しも『東洋民権百家伝』が出版され、民権活動家は「通俗演説会」を開いて百姓一揆や指導者たちを先人として「自由の大義」や「憂国の精神」を語った。「鑑札」を受けて講談師となり、「自由講談」を開いたのだった。

本職の講談師たちも当初は名を連ねて出演していたが、そこは明治新政府である。ほどなく講談師たちに対して「政談ヶ間敷事などを演述せぬ様」と圧力をかけ、民権活動家にたいしても「鑑札」を取り上げ、『東洋民権百家伝』が出版されて二か月ほどで、民権活動家による講談は姿を消すことになった。

が、『東洋民権百家伝』に収載された文殊九助や丸屋九兵衛、麴屋傳兵衛といった伏見の義民たちなど各所の義民伝説は、それで死んでしまうほどヤワではなかった。当時の講談界の大御所だった二代目松林伯圓《しょうりんはくえん》が語るようになったのである。白浪物を得意としたことから〝泥棒伯圓〟などとあだ名された伯圓だったが、一方で福沢諭吉の演説を聴いて髪を切り、散切り頭に張り扇で「開化講談」といわれた時事ものを手がける進取の気風に満ちてもいた。佐賀の乱や西南戦争を新聞記事からすぐさま講談にしたのも伯圓だった。

歌舞伎の団十郎（九代目）、落語の円朝とならべて三幅対と囃された伯圓が、『東洋民権百家』に載せられた文殊九助（伏見義民伝）を語ったのは一八八三（明治十三）年十一月である。『山県大貳順天録』や藤田茂吉『文明東漸史』の高野長英などを講じ、人気を博した。無視できない明治新政府は、伯圓に一八八五年、東京神道事務局から「大講義」の肩書を与え、民衆を教化する教導師の地位につけた。取り込んで懐柔するつもりであったのかもしれない。が、伯圓は意を受けて国民精神の振興や忠臣、孝子ものを語る一方で、社会・政治ものを語ることをやめなかった。そのため、警察の民権運動への圧力が寄席へもおよび、民権的題目を演じる伯圓も警視庁に召喚されることになった。

それはともあれ、江戸時代の百姓一揆の指導者たちがこうして「義民」＝民権運動の体現者として再評価されることになり、庶民に生きるエネルギーを与えることにもなったのだった。「時あたかも福島事件の公判が開かれ、河野広中その他の人々の苦難なしかし不屈の闘争に国民の注意が集中していたときであっただけに、本書によって明らかにされた先人の苦闘の歴史はそれだけますます国民の心にひびくものがあったのであろう」（林基『東洋民権百家伝』「解説」）

「義民」はそのほとんどが史実に裏付けられていて、顕彰碑などを見つけることも難しくない。が、「義民」の象徴ともいえる佐倉惣五郎については少し事情が違っていて、惣五郎一揆を証明する史料はないとされている。

惣五郎伝説というのは、下総国印旛郡公津台方村《こうづだいかた》（現在の千葉県成田市台方）の名主だった惣五郎が、年貢の取り立てが年々厳しくなることを憂え、藩や江戸役人、幕府老中に訴えるが聞き入れられず、ついに一六五三（承応二年）、上野寛永寺に参詣する四代将軍徳川家綱に直訴した。その結果、佐倉藩主の苛政は収められたが、惣五郎夫妻は磔《はりつけ》となり、男子も死罪となった、という話をもとにしている。恨みを残して死んだ惣五郎の霊は祟りを起こし、堀田氏を滅ぼしたことから人々は彼の霊を鎮めるために将門山に祀った、と公津村を中心に佐倉領内の人々に伝えられた。

公津台方村の台帳には惣五郎という名前があり、そういう百姓がいたことは確認できるが、直訴にいたる一揆を証明することは出来ない。その惣五郎伝説がひろく知られるようになったのは、一八五一（嘉永四）年、「東山桜荘子《ひがしやまさくらのそうし》」として江戸歌舞伎の舞台に乗せられてからである。予想を超える大ヒットとなり、またたく間に日本中に広まったといわれる。

前述もしたように、天保の飢饉に各地で百姓たちが起ちあがり、なかには武装もいとわない決死の行動もあった世情である。上演の二年のちには黒船が来航し、国のあり方をめぐってだれもが何をすべきかを考えた時節でもある。苛政を追及し、怨霊となっても百姓の意気地、一念を通す惣五郎の物語は、それを受け入れる素地のひろがりと相まって、佐倉義民伝として定着した。

「歌舞伎の成功により講談や浪花節などでも惣五郎物語が取りあげられ、各地で物語が写本された。幕末から明治初年の一揆では、その組織化に惣五郎物語が取り入れられることもあった。自由民権家は惣五郎を民権の先駆者としてとらえ、その偉業を受け継ごうとした。惣五郎物語は数多く出版され、日本の代表的な物語として外国語に翻訳されたりした。東勝寺は宗吾霊堂として多くの信者を集め、全国に惣五郎を祀る神社などが建立された」（保坂智『地鳴り 山鳴り―民衆のたたかい三百年―』《国立歴史民俗博物館》）

福沢諭吉や自由民権活動家は、先駆者としての佐倉惣五郎を大いに語ったのである。われらの神名平四郎は、福沢の言葉を聞くことはなかったろうが、「東山桜荘子」は観たにちがいない。新所帯を構え、もしかすると子の一人や二人は出来てもいようおだやかな暮らしのなかで、何を感じとっただろうか。

天保七年の天保騒動（郡内騒動）に武家支配のきしみを感じた平四郎のことだから、天保十三（一八四二）年の近江天保一揆（近江野洲郡・栗太郡・甲賀郡の農民が、江戸幕府による不当な検地に抗議し、「検地十万日延期」の証文を勝ちとった大一揆）の顚末も知ったことだろう。老中水野の天保の改革のただなかに起きたこの一揆は、典型的な惣百姓一揆（代表越訴型一揆と異なり、庄屋等の村役人層に指導された全村民による一揆、大規模で政治的要求を掲げた）であり、

「検地十万日延期」の証文を書いたことをたちまち反故にして幕府が苛烈な処分をくりひろげたことでも知られる。

幕府は一揆後、数万人を超える農民を取り調べ、土川平兵衛ら指導者十一人を江戸送り、百数十人を捕縛した。そのほとんどが牢死という名の虐殺に処され、かろうじて帰村してもそのまま衰弱死したと伝えられている。江戸送りの十一人は高手小手に縛られ、髪、ひげ、月代も伸び放題そのままに正座姿で軍鶏駕籠に押しこめられた。途中で三人が落命し、江戸へ運ばれたのは八人だった。近江路を行くさいには、「沿道の人々は平兵衛大明神、治兵衛大権現と、口々に唱名しつつ、遠ざかりゆく駕籠の冽を土下座して、いつまでも伏し拝んだと伝えられている」（松好貞夫『天保の義民』《岩波新書》）

「天保の義民」とこの騒動が呼ばれ、人々の口にひろくのぼるようになったのは、一揆からおよそ五十年後、『天保義民録』という小冊子が発行されてからである。当時の論客根本正は、寄せた序文で「此等の義民は、其心実に自由の理を解し、平等の権を重ずる者なり」（同前）と、自由民権の先駆と称えた。近江三郡の百姓や庄屋たちが幕府強権に抗ったのは事実としても、すでに自由や平等という理念についての理解があったとは考えにくい。が、こうして歴史は語られ、つくられていくのだろう。

ところで、江戸へ送られた八人である。京での拷問にも、江戸への長い道中にも耐え、北町番所の大白州で必死に弁明するものの、さらにはげしく加えられた拷問によって、病死と公表された一人のほか六人が獄死した。虐殺である。もう一人、油日村の百姓惣太郎は実刑を受け佃島に流された、その後の消息は不明だが、佃島で没したことになっている。

歴史に「もし」はないのだが、もしこの惣太郎がさらに生き抜き、だれかの差配で隠岐に流され、そこで、大塩平八郎の乱に連座した河内弓削村の大庄屋、河内きっての豪農・西村履三郎の長男、常太郎と知り合ったとしたらどうなるだろうか。常太郎は乱のあと縁戚に預けられ、十五歳になるのを待って隠岐へ遠島された。

寡作の長篇歴史小説作家・飯嶋和一が六年ぶりに著した『狗賓童子《ぐひんどうじ》の島』（小学館）は、その常太郎が隠岐に着くところから話がはじまり、近江の百姓惣太郎と奇しくも出会う話を展開している。

飯嶋が描くところによれば、隠岐の人たちは大塩の挙兵を各地で頻発する百姓一揆とは違った次元で受けとめたらしく、大塩の「檄文」を書き写し、「神鑑」として家々に秘蔵したという。文字の読めない者も文意を正確に知り、大坂鳶田刑場で処刑された大塩一党の名を聖人のように諳んじてあがめる者もいた。もちろん、再挙兵をはかっているという西村履三郎の名は知れ渡っていた。

大塩の挙兵から九年、縁者に預けられていた常太郎が島に流されてくることを知った島民たちは、あらためて当時の感激を思い出し、常太郎への畏敬、慈しみをおぼえるのである。常太郎は医師に預けられて修業し、村民の深い信頼をえる。

天保の義民・惣太郎もまた、「……四万もの一揆を差配したお人は、さすがに人品が違う。西郷や都万《つま》からまで子どもらが通ってくる。おかげで閉じたはずの寺子屋は、あの通り大繁盛だ」といわれるように、隠岐の子どもや若衆たちに『塵劫記』を使って読み書きと算術を教えていた。

惣太郎や常太郎の、誠実、正義、献身、無私、また知識……に触れた隠岐の人々が、幕末から維新の激動期の一瞬、ここで「隠岐コミューン」とよばれる、自治国をつくろうとしたのである。そこへの顚末は飯嶋の作品世界で堪能してもらいたいが、語られる歴史に人間は毅然と屹立し、どこまでも豊かである。平四郎の心にきざした武家支配のきしみは、人を思いもかけないほど遠く、高く、連れ出してくれたのである。

稀代の策士か、早すぎた志士か

――清河八郎『回天の門』

自由を求めた遊蕩児

桜田門外の変を聞き、門人の笠井を走らせて調査し、また自らも知人をまわって事件の風聞を集めた清河八郎が、襲撃に加わった水戸浪士らの名簿をながめながら漏らす感慨を、藤沢周平は次のように描いている。

笠井は、水戸浪士十七名の氏名の下に、几帳面な文字で禄高と身分を記していた。それによれば小姓組佐野竹之介の二百石が最高の禄高で、大関和七郎の二百五十石、黒沢忠三郎、広岡子之次郎の百石がこれについでいるが、身分的にはこのほか元与力、郷方勤メと注記されている関鉄之介がまともな士分に加わるかと思われるだけで、他はほとんど軽輩もしくは部屋住み、士分外の者だった。

岡部三十郎という氏名の下に記された、百石小普請組藤助ノ厄介叔父ナリという笠井の注記に、八郎の眼はまた惹きつけられている。厄介叔父というからには、士分の家に生まれたものの、次、三男であるために仕官の望みもなく、一生生家に寄食して、日陰の暮らしを余儀なくされている人間であろう。ほかにもそういう者がいた。そして鯉渕要人は古内村の祠官であり、森山繁之介と蓮田市五郎は矢倉方手代、杉山弥十郎は鉄砲師だった。

——大老井伊直弼を斃《たお》したのは、こういう連中なのだ。

その感慨は胸の奥深いところで八郎をゆさぶってやまないようだった。幕府の最高権力を握り、大獄を断行して天下をふるえ上がらせた男を、その座から引きずりおろしたのは、有力な諸侯でもなく、歴戦の士分の者ですらない、厄介叔父や鉄砲師たちだったのである。

自首した者を調べた評定所では、むろん彼らの背後関係、とくに水戸の隠居斉昭の使嗾がないかを調べたが、その事実は浮かび上がって来ないらしかった。彼らは井伊を天下の大罪人と呼び、その罪をあげて、天誅《てんちゅう》を加えたのだと申し立てた。

——名もない者が、天下を動かしつつある。

名も身分もない者が、国を憂えて命を捨てつつある。八郎は顎にのびた髭をさぐりながらそう思った。そういう時代がきていることが明らかだった。八郎は決断を迫られている気がしていた。

出羽の国庄内藩領清川村の素封家・斎藤豪寿の長男として生まれた清河八郎（幼名・元司、諱は正明）が、国事に動き出すのはこれ以後である。桜田門外の変を決行したのが名もない者たちであることを知り、幕府という古い政治の仕組みがしだいに自壊の道をたどって、新しい仕組みが生まれる時期にさしかかっているようだ、と八郎は思うのだった。模糊としたその新しい政治の仕組みを、八郎は「天皇親政か」と考えるが、見えたわけではない。ただ、尋ねてきた薩摩藩士・伊牟田尚平が、井伊という奸物がいなくなったので攘夷がやりやすくなった、幕政一新も夢でない、というのに対して、八郎は、われわれは幕府に変わる政治の仕組みを考えるときがきている、それでないと本当の攘夷はできない、と断言はする。

「高知新聞」他地方紙に連載（一九七七年二月〜十一月）された『回天の門』は、こうして庄内藩領の素封家の長男がいかに志士として幕末の激動を駆け抜けたかを描き出す。

清河八郎をどう評価するかは、単純ではない。文久三（一八六三）年、将軍家茂上洛にさいしてその守護を命じられた浪士組（幕府政事総裁松平春嶽に清河八郎が献策して組織された）

を、京都に着くや本当の目的は将軍守護でなく尊王攘夷の先鋒となることだと説き、近藤勇・土方歳三・芹沢鴨らの反対はあったものの二百名の手勢を得て幕府と対立したことなどから、清河八郎を稀代のペテン師と呼ぶ人もいる。

藤沢周平は、それらは多分に誇張と曲解があるという。文春文庫「あとがき」から拾うと、浪士組の一件をとれば、清河八郎ははじめからそのつもりで幕府に接触し、いうなら「人のふんどしで相撲を取った」だけのことと言う。「八郎の思想的な立場は一貫していて、変節のかけらも見出すことはできない」と断じる。同郷人としての誼《よしみ》だけからの言葉ではない。

また、出世主義者というのもあたらない、とも言う。八郎の家は身分的には十一人扶持、一代御流頂戴格のいわゆる金納郷士にすぎないものの、五百石をこえる田地を持ち、庄内最大の醸造石数を誇る酒造家で、その富ははかりしれないといわれた素封家だった。八郎は仕官を望んだことは一度もなく、松平春嶽への献策などから幕閣に近づき、大赦を得たのちしかるべき役職への誘いがあったものの、八郎はそれを断って浪士組の外にとどまっている。一顧だにしていない、と藤沢周平は八郎の毅然とした態度を評している。

郷里にとどまっておれば、清河八郎には斎藤元司としての別の人生があったろう。家業を継ぎ、祖父や父のように和漢の書に親しみ、遊来する人士があれば面倒をみて話し相手にもなり、ときどきは遊興にふける……そういった日が待っていたはずである。だが、八郎は家郷を捨てて出奔する。祖父や父は、なにを好んで一介の儒者などに、と思ったかもしれないが、八郎をつかんで離さなかったのはいい知れぬ閉塞感であったろう、と藤沢周平は言う。決まっている自分の人生コースを嫌い、十七歳で遊里に遊び、あきると出路を学問に求めた。

弘化三（一八四六）年、たまたま旅の途次で家に身を休ませた絵師藤本竹洲（本名津之助、後の天誅組総裁・藤本鉄石）から世界の動きを聞き、またその剣技に魅了された八郎は、文武二道を追うようになる。鉄石のいった、やりたいことがあるなら家を出よ、という言葉にも励まされた。代々足軽の家を継いだ男が、学問をやりたい一心で三年のあいだ杖をつき、足を引きずって酒田の町を歩き、世間が足の悪さを信じたころお役ご免隠居を許され、晴れて江戸遊学に旅立った話にも胸を躍らせた。藩には、不倶廃疾の故に役目がつとまらないと判断されたときは隠居の制度があるのを利用したのだった。

清河八郎が江戸の地を踏むのは弘化四（一八四七）年である。家出を強行した。叔父が父親と折衝してくれ、送金されてくるようになり、東条塾に入って学問に励んだ。翌年、伯父が訪ねてきて上方への商用をかねた遊山をともにした。学問からそらせようという父親の差し金だったが、八郎は心を動かされなかった。が、突如、次弟の死が知らされた。郷里にもどり、家業を手伝いながら鬱々とした日を遊行でまぎらせていた八郎だったが、江戸へ出る思いはいっそうつのり、三年と限った京への遊学に出る。願っていた梁川星巌への弟子入りはかなわず、他に求めたものもなじまず、九州をまわって江戸に出ようと思いつく。長崎で十日ほど滞在し、オランダ商館に折良く潜り込んで見聞したことは、八郎に強烈な印象を残した。

江戸に戻った八郎は、東条塾に入り直して師の東条一堂の講義を吸収するとともに、北辰一刀流の千葉周作の道場・玄武館にも通うようになった。遊学期限の残りが日一日と迫っている八郎は、通常月に六日ほどの剣術稽古を二十日も通い、玄武館から帰ると講義を聞き、輪講に出、それでも足らずに深夜遅くまで勉強した。夏は八つ（午前二時）にならないと寝ず、晩秋になって寒くなったので九つ（十二時）に寝て七つ（午前四時）に起きた。

学問も剣もめざましく力をつけ、東条塾では塾頭を命ぜられる。が、八郎は幕府学問所の昌平黌への入学希望を述べて固辞する。嘉永五（一八五二）年安積艮斎《ごんさい》塾に転塾した八郎は、そこで得がたい良友に恵まれ、千葉道場では初目録を受けるほどに腕をあげていた。千葉道場での許しの免許は初目録、中目録免許、大目録免許の三段階で、中目録免許のゆるしを受けると道場を開いて門弟を教えることができた。

その年十月、八郎は同塾の間崎哲馬たちと浦賀へ行く。土佐藩士の間崎は俊敏な才能を持ち、時勢の認識にも明るく、深い考察をしめした。異国の要求に応じて港を開き気ままな交易をすると、儲ける者が出るがそれはひと握り、どの藩も物は豊かでないから交易をはじめると物価が上がるだろう。幕府はそれがわかっているから開港を断っている。しかし、無理に断り続ければ戦争になるかもしれん。そういう時勢になってきている。幕府はできれば面倒を避けたいと思っている。それで諸藩に海防強化を命じているが、そのうち彼らは膝詰めで談判に来るだろう。アメリカもエゲレスも、オロシアも。そのとき無理に断って戦争にするかどうか。いまに国論が二つに割れるぞ。

が、そう語る間崎は年が明けると帰藩しなければならず、八郎も遊学期限がきていた。

嘉永六（一八五三）年六月、アメリカ東インド艦隊司令長官ペリーは軍艦四隻を率いて浦賀に来航した。将軍への親書を渡したペリーは、翌春、返書を受けとりにくると述べて帰国するが、江戸湾内深くに艦隊を回航させて威嚇し、江戸市中を恐慌、大混乱に陥れた。黒船来航を蝦夷地函館で聞いた八郎は、翌安政元年一月、こんどは七隻を率いたペリーの再来航に、三度目の江戸遊学を父に頼む。

——精いっぱい生きたいということか。

芽は単純に学問に対する好奇心のようなものだったと思う。だが、だんだんに家の中で書物を読むだけの生活にあきたらず、家業をいとい、心はしきりに外に向かうようになったのだ。家にいると落ちつかず、気分がいらだった。そして諸国の風物に触れたり、一歩ずつ学問を深めながら、師や友人とまじわっているとき、元司は心がのびやかに働き、身体もいきいきと動くようだったのだ。

——結局はそういうことだ。ひとりの人間として、自由に生きたいためにあがいてきた。

旧家の血は重く、それを継ぐ者は、一人の人間であるよりは家系の守護者としての役割を強いられるのだ。父がいったように、家業を繁昌させ、次の時代の者に血を伝え、そして朽ちる。与えられる自由は少ない。

こうして、八郎は江戸に出た。昌平黌に安積艮斎の推挙を得て入り、清河八郎と名のったが、昌平黌は期待したほどの新味はなく、書生寮に戻らずに東条塾で通い門人に素読をさずけた。やがて、三河町に土地を借りて塾を開いた。安政元年十二月中旬、「経学・文章指南　清河八郎」の看板を掲げた。が、清河塾はそれから半月もしないうちに火事で焼けてしまう。「その後八郎を見舞う一連の悲運が、最初の不吉な顔を見せた出来事だった」と藤沢周平は描く。次に開塾を予定して手付けをうった家も安政の大地震で倒壊した。やるかたない思いで郷里に帰り、遊里で見初めた娼妓の高代との結婚を決意し、母方の伯母を頼って両親、親戚の説得を願い、郷里を出て暮らすならとの約束で所帯を持った。蓮と名を変えた高代と江戸に出たのが安政四年、翌年八月、駿河台淡路坂のほとりに塾を開いた。念願をはたした思いは強かったが、思ったほど門人は集まらなかった。

世の中が険しくなっている、と八郎は思う。塾を開くような時勢か、とも思う。八郎の心に、名だたる学儒になるという少年時代からの望みへの疑いが萌す。ほんの一瞬だったが、魔のように駆け抜けた。

草莽が起つ時代

幕臣の山岡鉄太郎（のちに鉄舟を名のり、勝海舟、高橋泥舟とともに幕末三舟といわれる）が八郎を訪ねてきた。天下の形勢について意見を聞きたいという。下田条約の締結からオランダ、ロシアとの追加条約、さらにハリスに通商貿易と江戸駐在許可を与えるなどの動きのさなかだった。薩摩藩の伊牟田尚平、樋渡八兵衛とも知り合った。彼らからは、薩摩藩主島津斉彬が昨年末に養女敬子を将軍家定の室に入れ、次期将軍を一橋慶喜にしようとする深謀のあることも聞いた。開国か攘夷かという当面の情勢に将軍後継問題が深く絡んでいることを知ったのである。

妻のお蓮は、江戸で知り合い、訪ねてくる男たちが、八郎をどこか遠くへ連れて行きそうな気がすると思う。が、八郎はここまで来た辛苦を思っている。

伊牟田や樋渡の攘夷論ははげしくて、八郎はついひき込まれて血が沸き立つようなことがある。その興奮は快かった。

だが一方に、八郎にはきわめて地道な考えがあった。少年のころからの志をなしとげることである。学儒として江戸に塾を持ち、天下に名の通る人物になるのが望みだった。その望みをとげるために、苦心してきたという気持があった。そこにしか自分の生きる道はないと思いつめて歩いてきた。ここまで来るのに、親を偽り、親戚と諍《いさか》い、どれほど苦労したことか。

望みはなかば達せられ、あと一歩というところまできている、と八郎は思う。学問だけでなく剣も教え、文と武が別のものでないという持論も実践に移すことが出来そうである。その日が遠くないと思っていた。そういう学者として成熟したいという考えは動かなかった。そのほかの何者かになろうと考えたことは、ない。

だが八郎の望みが、あと一歩というところまで来ているとき、周囲の状況が、静かに学理をきわめるというにはふさわしくない方向に変ってきていることも事実だった。その皮肉な状況の転回に八郎は気づいている。

世の中が浮き足だっていた。いつどのようにひっくり返るかわからない波乱含みの情勢が続いていた。それが何なのかと、八郎は世の動きの底にあるものに注意深い眼をそそがずにいられない。そのものは、八郎がいままでしてきた努力を、あるいはみじんに砕く破壊力を秘めているかも知れないのだ。

だが、世情は八郎をそのままにはしなかった。井伊直弼が大老に就任し、開港を求めるアメリカなどとの条約を勅許もなく結ぶ他方で、攘夷派や幕府に異を唱える人士を弾圧した。八郎のもとに出入りする伊牟田も樋渡も狙われた。八郎は、井伊の強硬策を訝《いぶか》しんだ。低落する一方の幕府の威信を立て直し、政治権力のありどころをもう一度天下にしめそうとする井伊のやり方に、疑念を抱いた。幕府に威信低下をもたらしたのは、時勢だ、と八郎は思う。大きく展開する時勢のなかで、幕府は自らの力だけでは処理できない問題に直面したのだ、と思う。だから、外様雄藩に働きかけ、あるいは朝廷に働きかけたのではないか、と考えを沈めた。井伊大老はそれほど時局の乗り切りに自信があるのか——。

八郎の塾が二度目の焼失に遭うのは安政六（一八五九）年早春だった。郷里へむかう旅の途次、友人の安積五郎からの手紙で知らされる。大地震による崩壊を加えるとこれで三度目。開塾して文武を教えるという八郎の望みを、誰かが執拗に妨げているかのような不運の連続だった。もし、このうち一度でも被害を避けておれば、清河八郎の人生も歴史の展開も違っていただろう。

しかし、歴史には「もし」も「たら」もない。父親は開塾の費用を八郎に出した。お玉が池の表通りに面した、かつて八郎が東条一堂塾に入門したころ書を習いに通った生方鼎斎の屋敷あとを借りた。屋敷には土蔵が付いていた。井伊の弾圧は苛烈をきわめ、吉田松陰の捕縛、頼三樹三郎、橋本左内、飯泉《いいいずみ》喜内の斬首が八郎のもとへ知らされてきた。蓮からは物価の高騰が歎かれた。貿易が始まって暮らしにひびきはじめていた。井伊の精力は反対派の弾圧にそそがれ、開国にともなう国内の変化に責任ある政策が行きとどいていない、と八郎には思えた。

八郎のもとに人が集まってきた。幕臣の山岡鉄太郎、松岡万《つもる》（藤沢周平は「すぐる」としている）をはじめ薩摩藩の伊牟田尚平、樋渡八兵衛、益満休之助、神田橋直助……。八郎は清河塾の門人を徐々に減らしていった。藤沢周平はその時期を明記していないが、八郎を盟主として「虎尾の会」を結成したのは安政七（万延元＝一八六〇）年二月ごろといわれている。発起人は山岡鉄太郎ほか十五名。土蔵は尊王攘夷を語り合うのに恰好の場所だった。

こうして、八郎にとっても日本の歴史にとっても運命の安政七年三月三日の朝が明けた。

虎尾の会の攘夷は、その年の暮れ、米国通訳ヒュースケンを伊牟田らが斬殺し、さらに横浜焼きうちへと進んでいく。八郎の胸のうちには、倒幕、が頭を擡《もた》げてきている。――幕政の仕組みは、もはやわが国を仕置きし、外夷に対処する力をもっていない。しかし幕府は自らの衰弱に気づかず責めを他に転じ、愚かな弥縫《びほう》策に狂奔している。国内の混乱は収拾しがたいところまで行き、その隙に外夷が乗じてくる。

――八郎は熱弁をふるう。――すべての元凶は幕府、倒すにしかず。そして新しい仕組みに政治をゆだねるべきである。水戸浪士の井伊襲撃は今日の幕政に真っ向から異をとなえた快挙だが、彼らは一奸賊を斃したと考えた。だが、それは違う。われわれは彼らのあとに続くべきだが、われわれは井伊を斃すわけではない。幕府を倒すにしかずだ――。

八郎たちは「虎尾の会」を一時解散し、情勢を見、時機をうかがい、同志を募ることにする。秋までに五十人、いや二百人は欲しい、と考える。しかし、彼らの動きを幕府は黙って手をこまねいていたわけではなかった。同志のあとをつけ、土蔵の下に潜り込んで情報を集めていた。彼らの密計は幕府に逐次報告されていた。虎尾の会の一時解散を決めた四、五日後（文久元＝一八六一年）、八郎は書画会に出た帰途、執拗にからみ罵詈雑言を浴びせて棒で打ちかかってきた職人風の若い男を一瞬の居合いで斬り捨てた。罠だった。男は下っ引だった。八郎の仕業を待ち、物陰から湧くように捕吏が襲いかかってきた。

何とか切りひらいて逃げおおせた八郎は、妻の蓮を信頼する水野行蔵の家に逃がし、門弟の笠井と別れ、逃避行に出る。蓮とも笠井ともふたたび会うことはなかった。

清河八郎が江戸での生活費をどのようにしてまかなっていたかは、作品では父親からの仕送りということになっている。「親御がせっせと金を送ってくださるおかげで、われわれもこうして飲める」と同志の一人は語っている。しかし、これには若干、注釈が必要なようである。

二〇〇六年三月に東京日野市で開催された「特別展　新選組誕生」のさい、山形県庄内町の清河八郎記念館に所蔵されている父親に宛てた清河書状が紹介された。それをまとめた『日野市立新選組のふるさと歴史館叢書　第一輯　特別展　新選組誕生』によれば、八郎は虎尾の会の集まりをはじめ各地を遊歴するさいに書画・刀剣の即売や交換をおこなっていたことが明らかになっている。もちろん、幕府から指名手配されて逃避をつづける以前、おもに安政期と判断されている。

『叢書』は、「第一章　清河八郎の書画・刀剣家業について―商才に満ちた江戸遊学―」として書状を解読、紹介している。その「まとめ」によれば、

①書画会での交換は仕入値に一割上乗せ、仕入値が五〜十両程度の品は十倍掛けで売却する、実家が仲介した品物は売値の一〜三割のリベートを支払っていた。

②各地を遊歴中に書画・刀剣を持参し積極的に商っていた。

③扱ったのは当時江戸で大流行していた谷文晁はじめ円山応挙、酒井抱一、池大雅などの屏風・掛軸類、および書家や文人の書など作家ものが基本であった。江戸で下落していた享保期以前の作家物を安値で仕入れ、将来の復権・騰貴を予想して待売していた。刀剣は当時流行の備前祐定や肥前物など有銘の物を多く扱ったが、実用的な無銘の新刀を仕入れて手間賃の安い庄内で研ぎ出しをやらせて拵をつくり、江戸で売却することもあった。

④江戸で人気が上がった作家物を庄内の骨董屋・古道具屋などから安く仕入れ、江戸で売りさばいた。江戸で下落した品や真贋に自信のない品物、売れ残りについて庄内でさばこうとした。

⑤みずからの書の才能によって、肉筆による手本を多く販売した。

⑥接見した尊王攘夷の志士に短冊・扇・色紙への揮毫を請い、それらを実家に送り、将来

名がとどろき価値が出ることまちがいない、と豪語していた。

⑧砂金や通用停止の古金を庄内で買収し、それを江戸の金座に持参して儲けようとした。などのことを指摘している。ただし、じっさいにどれだけの利益があったのか、それが何に使われたのかは、書状からはうかがいしれない、としている。

八郎の目利きは祖父から感化・伝授されたといわれており、『叢書』筆者がいうように、そのおかげで商才を知らないうちに身につけ、したたかな生活力を生んだと思われる。商売を毛嫌いし、学儒に生きる方向を定めた八郎だったが、祖父の薫陶、代々の血筋は「門前の小僧」以上の力を発揮したといえよう。八郎への実家からの送金は、そうした仕組みのうえでのものであったと思われる。『回天の門』作中では、開国による貿易とそれがもたらす国内経済の混乱は、おもに土佐藩の間崎哲馬が語るのであるが、あるいはそれは、家産多い商家の長男に生まれた八郎の、直感の働くところであったかもしれない。

攘夷から倒幕へ

清河八郎は、幕府の指名手配の目をかいくぐって逃避、潜伏した。蓮も笠井も、三弟の熊三郎その他虎尾の会に関連した者たちは捕縛された。入間、川越、江戸に戻って山岡らと事態を相談し、安積と連れだって庄内、しかし実家も見張られて立ち寄れず、松之山から水戸、相馬中村を経て仙台、遠野、大槌浜、吉里吉里、大浦、そしてふたたび郷里近くへ足を向け、出羽新庄では、捕らわれた蓮や熊三郎へ父から差し入れの金が届けられ、牢内の処遇もよくなったと聞く。逃避を続けながら、仙台から水戸へ戻り、ひろく倒幕を説く、と決意する。伊牟田、安積を同道して八郎は西へ向かい、文久元（一八六一）年十一月九日、京都三条河原近くに宿をとった。

八郎は、大納言中山忠能《ただやす》の家臣田中河内介と会い、倒幕を打ち明け、九州の尊攘志士たちへの斡旋をたのむ。また、中山家の子息忠愛《ただなる》卿の親書を持って九州に下り、青蓮院宮の密旨と偽って義挙を説くともいう。青蓮院宮はのちに孝明天皇の養子となるが、条約勅許問題ではもっとも強硬な対幕姿勢をしめし、安政の大獄で慎みを言い渡されていた。幽閉の身だったが、諸国の尊攘派志士のあいだの精神的な拠りどころともなっていた。田中を説得したカギは、幕府が廃帝の古事を調べさせているという噂話だった。噂話や密旨を騙《かた》ることに、田中も簡単には同意しなかったが、八郎の弁舌、なにより、倒幕以外に道はないという危機意識と熱情が田中の心を動かした。

「うまく行くかな」

田中は少しうさんくさそうな顔色で、八郎を見た。人に優れた先見の明と、状況の鋭い読み。その上に立ってすばやく行動を組み立てる能力、そこに人を引っぱっていく雄弁と胆力。これらは本来一党をまとめる頭領の条件なのだが、何の背景も持たない孤士の八郎がそういう熱弁を展開すると、弁舌に覇気があって巧みであるほど、どことなくある種の煽動家に似てくる。そのあたりが八郎の悲劇だった。


肥後の松村大成、河上彦斎《げんさい》、宮部鼎蔵、筑前の平野次郎、久留米の真木和泉守らと会談して八郎が京へ戻った翌文久二年一月、島津久光が一千の兵を率いて京へ来るという話が話題になった。田中が、島津三郎は何のために来るのかともらしたの対して八郎は、倒幕の勅諚《ちょくじょう》をもらいにか、あるいはそこまでいかないかもしれないが、大事なのは薩摩が大兵を率いて上洛するという事実だ、と八郎は言う。島津にその気がないなら、そのように動かせばよい、倒幕挙兵に踏み切る絶好の機会になる、と弁じる。その弁舌のよどみなさを、藤沢周平は危ぶむ。

事態は、しかし思うようには運ばなかった。京都には諸藩の志士、浪人が集まった。薩摩からは是枝柳右衛門につづいて誠忠組激派の有馬新七以下が大阪の藩屋敷に入り、一族十七名を率いる真木和泉守、藩士二十名を率いる豊後岡藩の小河一敏、平野次郎、秋月藩の海賀宮門、肥後の内田源三郎、虎尾の会を結成した北有馬の弟中村主計、左土原藩の富田孟次郎、土佐の吉村寅太郎らが京にきた。長州藩屋敷には久坂玄瑞、寺島忠三郎以下、吉田松陰門下の志士たちが集まった。いずれ肥後一国の志士が来るだろうという噂も流れた。

が、島津久光が大兵を率いて上洛した企図は違っていた。その武力でまず朝廷を威圧し、頑固な攘夷論を放棄させるとともに幕政改革の勅諚を出させ、それを持って江戸に乗り込んで幕府と対決しようという、四年前に急逝した先君島津斉彬の考えを引き継いだだけだった。さすがに、時期も過ぎていれば攘夷の放棄という一項は除かれたが、権威を守護するという名目で朝廷を威圧し、一橋慶喜を将軍の後見に、松平慶永を大老に任ずるという勅命を出させて幕政を改革しようという久光と大久保市蔵（利通）の計画をすすめたのだった。それはまた、朝廷の意志に沿った幕政の実現という意味で、公武合体の中身を持つものでもあった。

この、激した者とそうでない者、攘夷倒幕に奔ろうとする者と幕政運営の主導権を握ろうとする者との意識、策謀のズレは、伏見寺田屋の悲劇を生む。薩摩藩屋敷の同志が決起すれば久坂ら長州藩士も起つことになっていた。八郎はそれを待った。が、久光は誠（精）

忠組激派が集まる寺田屋に討手を差し向けた。討手は同じ誠忠組だった。有馬新七、橋口伝蔵ら八人が落命した。久光の事件処理は過酷をきわめ、自藩の激派生き残りは帰国謹慎、他藩の者で引き取り手のある者は囚人同様にして送致、引き取り手のいない田中河内介親子や海賀宮門、中村主計、千葉郁太郎は薩摩へ護送するとみせ、航行中に斬殺、刺殺した。

八郎は事態の結末につよい衝撃をうける。しかしそれ以上に、思わぬ薩摩の動きに八郎、田中に騙された、という声が大きかった。八郎は、衝撃に身を縮こませているわけにいかなかった。岡藩の小河一敏がなじるのに対して、八郎は、倒幕というほどの大事が、準備万端ととのって実現するとでも考えていたのか、と言葉を返した。八郎は、漢文七千三百字におよぶ回天封事を孝明天皇に送り、朝廷がこれを受け入れたことなどを述べ（もっとも、これは寺田屋事件の後だったが）、倒幕の勅命を久光に出してもらうつもりだったことなどを話した。ことは久光の意外な決断で失敗に終わったが、間違ったことをしたとは思っていない、という八郎の言葉に、小河も納得した。

一つの機会は去り、次の機会はまだ来ていなかった。八郎は江戸と京を往復し、伊勢や水戸へ足を伸ばし再挙の機会をうかがった。幕閣の顔ぶれが変わり、公家筋から大赦の請願が朝廷に出ていることを知る。八郎は情勢を見つつ大赦請願の上書を松平総裁に出した。山岡鉄太郎、間崎哲馬に斡旋を頼んだ。上書が無事に松平総裁の手に届いたことを報告に来た山岡が、尊攘派の天下になっている京に比べて江戸は遅れている、われわれが起って幕府の尻をたたくべきだ、という。

情勢は明らかに変化している。八郎は違うことを考えている。幕府はそう簡単に態度は変えない。攘夷の腹は固められず、かといって時勢には逆らえず、ただ時の勢いに押されて迎合しているだけだ、と八郎は見る。旗を揚げたらたちまちひっくくられる。どうする。再挙をあきらめるつもりか、という山岡に八郎は考えを述べる。

幕府自身で浪士を集めさせる。集まってくるなかには尊皇攘夷の人間が必ずいる……。八郎は山岡にも明かさないが、浪士を出来るだけ集め、それを倒幕に持っていこうと考えている。うまく行くかどうか、が問題なのではない。そうしないとこの国が持たないというつよい危機感だけがある。

文久三（一八六三）年一月、八郎に正式に赦免の沙汰がおりた。蓮は前年九月、はしかをわずらい、庄内藩に引き取られたが、そこで死亡した。江戸詰の藩士から父豪寿に宛てた書状には「素よりの寿命と申し難く候うわさを申すことも御座候由」とあった。豪寿は毒殺の噂があるという話を八郎に聞かせてはならないと心を配った。弟の熊三郎ほかは牢から解放された。

八郎は赦免になる前にも松平総裁に「急務三策」とする二度目の上書を送り、①攘夷の断行、②大赦の発令、③天下の英材の教育、を提言した。八郎にたいする閣老たちの認識は改まり、浪士募集の補助役への推挙や、いっそ幕臣にとりたててはどうかという話も出たが、八郎は断った。

浪士募集には試衛館の道場主・近藤勇が門人ぐるみ、など江戸市中はもとより武州・上州・甲州・上総・下総・水戸……から二百人を超えて集まってきた。老中板倉勝静は八郎を警戒し、浪士組頭取をおろした。そして、何か面倒を予感させる浪士組を将軍護衛の先兵として京へ送り込むことを思いつく。板倉は、浪士組を将軍家の手足のように使おうという腹づもりを立てた。このままでは、われわれの陣営に引き込むことは難しくなる、という山岡に、八郎は「策はある」という。

八郎は、浪士組が京都についたら尊皇攘夷を説いて一挙に掌握し、その志を上書として天聴に達する。それが朝廷に受け入れられれば、浪士組は一変して尊皇攘夷の党に変わる、と目論む。

幕府の浪士組締めつけの裏をかく起死回生の秘策である。山岡にいえば無謀と止められそうで隠したが、八郎は、機会はその一度だけしかないと思っていた。もてる気力と弁舌のすべてを投入して、それをやろうと考えていた。成功すれば、将軍の膝もとに、はじめての尊攘勢力ともいうべきか、かなりの人数がまとまることになる、そう思うと、この計画がはらんでいる危険と痛快さが、八郎を魂の底からふるいたたせるようだった。

――成就すれば、それがやがて倒幕挙兵の先兵になるだろう。


藤沢周平が忖度する八郎のもくろみは、なかば成功したといえる。が、半ばではことは成らないのであった。京に着き、本部と定められた新徳寺での説得は、虎尾の会の生き残りのメンバーにも話していなかっただけに、八郎の言葉には力があり、近藤や土方、芹沢らの反対者は出たが彼らは壬生浪士となり（のちに新選組を結成する）、二百人が八郎とともに行動することになった。朝廷への建白書もその翌日受納を願い出、幸いにも受理された。

しかし、この浪士組の動静に危機感を持った板倉は、ただちに浪士組を江戸に呼び戻し、八郎の逮捕の機会を狙った。八郎が幕府の刺客、浪士組取締役並出役・佐々木只三郎ら六名によって麻布一の橋で討たれたのは四月十三日だった。同志たちの行くなという忠告を振り切り、同道の申し出を断り、襲撃を待つかのようなそぶりで出かけた。襲われたさいも、なぜか、抜きかけた刀を目にもとまらぬ動きでつば元をカチリと鳴らしてもとに戻した、と藤沢周平は書いている。

千葉道場免許皆伝の剣はただ一度も抜き合わせることなく、無惨に斬られた。時いまだ早しと思ったのか、十分やったと思ったのか、それはわからない。

桜田門外の変の水戸浪士たちには、井伊暗殺が内外の情勢にどのような影響をもたらすかについての考えはなかった。が、清河八郎は内外の情勢を知り、倒幕しかないと思い決めて行動した。薩摩でも長州でもなく、政治社会を変えるのは草莽であると確信し、その時勢の到来を感じて動いた。

何も持たない者が一人でどこまでやれるか——。そこに、先駆けた清河八郎の可能性も悲劇もあったといえるだろう。藤沢周平は、郷土の一人の先達の心奥の襞に分け入って、それをみごとなまでに描き出した。

それにしても、八郎を理解しようとするものの心底までは付き添えず、妻であるというだけで獄に送られた蓮は哀れである。八郎の実家の手配で辛うじて命をつないだものの謎の死をとげる、その結果においてではない。八郎が、逃亡し、また奔走するあいだに、蓮の身の上をほとんど顧みることのないことによってである。

草莽を自負し、草莽を頼りにする八郎であったが、時代の制約とはいえ、彼がこころみた倒幕の事業に女性が列する席はなかったようである。

主従のつながり、その重さ

――『雲奔る　小説・雲井龍雄』

雲井作とされた「棄児行」

私の郷里から、明治維新と呼ばれる激動期に、志士として積極的にかかわりあった人が二人いる。一人は清河八郎であり、一人が雲井龍雄である。雲井龍雄の名を、「棄児行」の詩と一緒に、尊皇の志士として記憶した。しかしその後、維新史の中に龍雄の姿はひそと隠れているようで、表面に出ることがないのを異様に感じた時期がある。事実龍雄処刑のあと、郷里米沢では、龍雄の名を口にすることを久しくタブーにしたという。龍雄に対する、長い間の一種の気がかりのようなもの、それがこの小説を書かせたことになろうか。

藤沢周平は『雲奔る　小説・雲井龍雄』（文春文庫）の「あとがき」にこう記している。「棄児行」は、一九六〇年ごろまでは剣舞の各流派がこぞって吟詠大会などで演じたというが、いまはほとんど見聞きする機会がない。

斯身飢斯児不育（この身飢ゆれば　この児育たず）
斯児不棄斯身飢（この児棄てざれば　この身飢ゆ）
捨是邪不捨非邪（捨つるが是か　捨てざるが非か）
人間恩愛斯心迷（人間の恩愛　この心に迷う）
哀愛不禁無情涙（哀愛禁ぜず　無情の涙）
復弄児面多苦思（また児面を弄して　苦思多し）
児兮無命伴黄泉（児や命なくんば　黄泉に伴わん）
児兮有命斯心知（児や命あらば　この心を知れ）
焦心頻属良家救（焦心頻に属す　良家の救い）
欲去不忍別離悲（去らんと欲して忍びず　別離の悲しみ）
橋畔忽驚行人語（橋畔忽ち驚く　行人の語らい）
残月一声杜鵑啼（残月一声　杜鵑啼く）

とくに難しい表現もなく、捨てようとして捨てられず、だれかいい人に拾われろと置いて離れようとして離れられず……親の心境をよく捉えている。一説に、幕末期は貧窮から捨て子があとを絶たず、親を非難する声が強いことに対して、龍雄はだれが好んで子を捨てる親がいるか、と捨てようとする親の悲しみ、苦悩を詩にしたといわれる。が、それはどうも「伝説」の類いのようで、同じ米沢藩士原正弘の作であることが定説になっていると、藤沢周平は先の引用に続けている。藤沢周平が依拠したと思われる安藤英男『新編雲井龍雄全伝』(光風社) 上巻巻末に収められた「棄児行考」によれば、この詩を龍雄のものとする意見は早くから否定されており、原正弘から直接、自分が作ったと聞いた者もいるという。

安藤は、「龍雄の情あり涙ある生涯と、この詩のもつ雰囲気とは巧みに融合している。この詩は平明な言葉をもって構成され、素直に訓み取れば、そのまま意味をなすので、広く人々の朗吟に堪える良さがある。それだけに、代作としては傑作であるといえる。原正弘が、その心境を龍雄に擬して、代作したものであればこそ、龍雄作として世に喧伝された以上、公に打消すのを潔しとしなかった理由はわかる」とも述べている。

安藤は、同書で「棄児行」の主役の〝棄児〟についても考察し、それは上村鋼一郎よりほかにあり得ないと断じている。鋼一郎は、戊辰戦争時、上州沼田城下で遭難した雲井龍雄が、敗残の身を会津に帰る途中で出会った横山桂二郎の息子・銕《てつ》四郎である。当時七歳の少年だった。

奥羽越列藩同盟から、上州に一隊を出して前橋、小幡藩を説得し、同盟軍に引き入れるという秘命を受けた雲井龍雄だったが、米沢藩からの援兵をもらえず、盟友羽倉鋼三郎と下僕の三人で出向く。会津藩士原直鉄らが合流するものの前橋、小幡藩と鎮撫軍に謀られ、窮地に陥る（赤城の難）。危機を脱して会津へ向かう途中、倉谷（南会津郡下郷町）の路傍で行き暮れていた銕四郎と出会った。父親の横山桂二郎は旧幕臣で、前年、遣仏使の随員として渡欧しマルセイユで客死した。龍雄は京で世話になっていた。父親が亡くなったあと母は再婚し、初め野村氏に育てられ、会津に来て南部家に養われたが、城下が危なくなったので江戸に向かう途中、家僕に背かれて一人になったという。

藤沢周平は作中、このように描いている。


「知っている人の子でな。見捨てるわけにはいかんから連れて行く」

子供を抱いて道に戻ると、龍雄は原たちに言った。銕四郎の運命も暗い、と思った。すると無心な顔で一緒に歩き出した子供に、哀れみがつのった。

――両毛行は、この子供を得たに過ぎんか。

龍雄は、子供の手を引いて北に向かう道を歩き続けた。不意に日が翳って、風が吹き過ぎた。落葉が鳥の群れのように空に漂った。両毛に入って二カ月、策はことごとく破綻して、盟友羽倉以下を死なせただけである。龍雄は胸が暗く閉ざされるのを感じた。

安藤によれば、龍雄はその後、錤四郎を羽倉鋼一郎と名のらせて亡友の請託にこたえ、わが子のように愛育した。龍雄の没後、上村家に養子に入り、官界で累進したという。「都新聞」(一九四一年十一月十七日号)で「名詩〝棄児行〟の数奇な主判る」「遺仏使の忘れ形見、奇傑雲井と外交黎明期の秘話」と報じられたことも紹介している。

「棄児行」は、維新になって食碌を奪われた浪人たちが、大道で真剣を振るって見せた剣舞の題目にえらんだと言われる。彼らは、龍雄の不運を思って作詩者にしたのかもしれない。あるいは、龍雄が東京・芝の寺を借り受けて設けた「帰順部局点検所」――維新の変動によって逆境に落ちた旧士族などの不平分子を収容して朝廷に帰順させることを目的にした――の意としたところに共感し、思いをかさねたとも考えられる。新政府の要職についた佐々木高行や広沢真臣らの同意を取りつけて始めた「帰順部局点検所」は、不平士族たちが聞きつけて集まるところとなり、龍雄の思惑を超えて反政府運動の拠点として弾圧された。

戊辰戦争の当初に「討薩ノ檄」を著して奥羽越列藩同盟を鼓舞した龍雄は、新政府とくに薩摩閥にとって目の上の瘤だったのだろう。いったん米沢に謹慎させ、その間に同志たちを捕縛して拷問にかけ、反政府謀反の罪状をつくりあげた。明治初年にはその後、江藤新平の佐賀の乱（明治七年）はじめ熊本神風連、秋月、萩の乱（いずれも明治九年）とつづくが、すべて叛乱蜂起だった。

しかし、龍雄らは暴発すらしていないにもかかわらず、龍雄は牢で斬首のうえ小塚原に梟首、同志十三人も斬首（他に存命ならば斬罪が七人）という、見せしめを超えた苛烈な処分だった。雲井龍雄の助命に動いた藩主上杉茂憲は、「一ト声は森の中なり杜鵑」と悼句をおくったといわれるが、「棄児行」最終句にある「残月一声杜鵑啼」とひびき合って悲しい。

龍雄の胸中にどういう考えがあったのかは、わからない。言われるように、集まった浪人たちを新政府や軍に送り込み、内部から叛乱を起こして新政府のとくに薩摩閥と腐敗分子を一掃する考えは有力だが、それをじっさいにおこなう前に、弾圧されてしまった。集まった浪人たちの、焦燥にあおられた反政府への決起の言動などが、都合よく利用されもしただろう。

維新史の一断面ではあるが、それにしても、雲井龍雄は歴史とうまく折り合わず、どうにも間の悪い男である。貧窮と不遇によってタイミングをずらされ、世に出たときには遅れ、出を控えるとまつりあげられて権力の好餌になり、宿痾の結核で身を苛み、妻とようやく心を通わせたときにはすべてが終わっていた。

藤沢周平は同郷のこの男を、哀切を込めて「遅れた志士」と形容し、『別冊文藝春秋』（一九七四年秋季号、七五年新春号）に分載した。どこか作者の前半生にその境遇が重なり、龍雄の胸中を察してあまる同感にささえられている。


米沢藩組外五石二人扶持の下級藩士小島龍三郎（天保一五＝一八四四年生まれ）が、米沢藩探索方として上洛したのは慶応三（一八六七）年、二十三歳のときだった。いまから思えば、もうそれだけで時期を失しているが、それでも彼にはかなった望みだった。遠山翠《みどり》と名乗り、江戸詰の機会に安井息軒の三計塾で知り合った有志や先輩のあいだを奔走し、情報を集めた。長州の倒幕論に多分に理解を示しつつ、薩摩の倒幕への変身を狡猾と見、土佐の公議政体論を支持した。薩長同盟が密約されていることを知らず、長土連合を画策し、「天下藩の十分の七、八は、皆以て復古の議を相拒まれ候様子にこれあり候」と藩に報告した。

ところがその直後に、江戸で庄内藩による薩摩藩邸焼き討ち事件が起きた。年が明けると鳥羽・伏見戦争が勃発し、徳川慶喜は大阪を脱出して江戸で謹慎したが、間髪を入れずに東海・東山・北陸三道鎮撫軍（官軍）が錦旗を掲げて進発した。龍雄には予想を超えた激変だった。「討薩ノ檄」も、反薩長勢力を結集しようとする動きも、もはやあだ花だった。

それを、すべて龍雄の能力不足に帰するのは酷であるにしても、どうにもしようのない間の悪さ感はいなめない。

いうまでもなく、門地門閥が何ごとにまして優先される封建の世は、才に恵まれながら埋もれたままになってしまう例は多い。が、幕末期にはそれが崩れた。下級藩士であっても能力を認めて抜擢され、藩政に与った例は少なくない。西郷隆盛、大久保利通、木戸孝允の維新の三傑も、また一〇傑や元勲と呼ばれた多くも、下級藩士や二、三男の厄介者、あるいは医家の出身であった。才によって引き出され、表でも裏でも活躍した。薩長土肥の維新を主導した藩にそれは多く見られた。

が、雲井竜雄は米沢・上杉藩の藩士だった。京は遠く、藩は幕府と朝廷とのあいだで右往左往した。この北の雄藩が時勢を見誤らずに反幕に藩論を固めていたら、雲井龍雄の名はちがったかたちで歴史に刻印されていたかもしれない。が、龍雄はみごとなまでに、ことごとくに少しずつ食いちがい、遅れた。

いや、一つ先駆けたことがある。薩長閥の新政府への反旗である。しかしこれは早すぎた。というより、残り火のように扱われて踏みしだかれてしまった。薩長＝倒幕側＝「正義」で歴史が彩られる以前のことでもあった。「正史」がつくられてからは、版籍奉還や郡県制に反対したことなどをあげて、龍雄を頑迷な守旧派、〃封建反動〃に置く声に踏み敷かれてしまった。

雲井龍雄に光があてられ、明治新政府側を「官」＝進歩、正義とし、幕府側を「賊」＝封建の墨守とする単純な史観に本格的な疑問符が打たれるのは、雲井龍雄の処刑から百年ほど経てのことである。ともあれ、遅れた志士の「遅れた」わけを、以下、藤沢周平が描く『雲奔る　小説・雲井龍雄』からひろってみる。

間の悪いがむくちゃれ（猪武者）

一つは、米沢藩の窮乏から来た。

一六〇〇年の関ヶ原の役で西軍に味方した上杉家は、会津の所領百二十万石を削られ、宰相直江兼続が所領していた伊達、信夫、置賜の三郡、三十万石に押し込められた。にもかかわらず景勝は、戦のために雇い入れた浪人に暇を出しただけで、五千人余の家臣をそっくりともなって米沢領に入った。

米沢藩の窮乏はこのときから始まっているが、徳川への警戒心からの措置でもあった。移封後八年経ってようやくできあがった町割りは、堅固な軍防都市だったという。城下町の外にも家中を配置し、半士半農で軍防の尖端に置くとともに開墾にもあたらせた。また、近江や堺から鉄砲鍛冶を移住させて武備と訓練を急いだ。しかし、軍備を整えれば整えるほど、俸禄その他にしわ寄せはいき、さまざまに工夫をしても百二十万石をそのまま三十万石に収めた無理は随所にあらわれ、藩は苦しい財政のやりくりに追われた。

これに輪をかけたのが、寛文四（一六六四）年、藩主綱勝の急死だった。嗣子がいなかったため藩断絶の危機に陥り、縁戚の保科正之の斡旋でかろうじて免れるものの、伊達、信夫郡十二万石、置賜郡のうち屋代郡三万石は幕僚とされ、米沢藩は十五万石に落とされてしまった。

関ヶ原から六十年ほどの間に、上杉家は十分の一近くになってしまったのである。窮乏の度はいっそう増した。しかし、藩は屋代郡を預地にしてもらうなどして、焼け石に水であれ何であれ、なんとか収入を増やそうとした。預地とは、幕府が屋代の年貢を米沢に売り、米沢はその代金と金納分を幕府に納めるというものである。米沢藩と屋代郡とは以来、絶え間なく抗争することになる。

屋代郡は天領になったり、上杉領になったり、幕領になったりとめまぐるしく変わった。そのあいだ中、抗争はつづいた。そして幕末になると、幕府は米沢藩の軍備を自軍に引き入れるために屋代郡を使った。少しでも領地＝収入を増やしたい上杉の意向と幕府の思惑がここで一致する。幕末の上杉家は、諸藩諸子が関心を寄せ、そのために人も金も使った日本という国のたち行きよりも、米沢一国の進退に窮まっていたといえる。貧すれば鈍するとはよくいったものである。

関ヶ原後、上杉が何のために武備を整えたのか。徳川を助けるためにそれが使われようとは、景勝も直江も思いはしなかったろう。遺訓は二百五十年を経て軽くなってしまったが、これも時勢のおもむくところであったかもしれない。

が、そのためにひとりの男が悲運に見舞われた。もしも、上杉が三十万石、十五万石なりの藩経営をおこない、中興の祖とされる上杉鷹山のときでも七公三民は崩さなかったという窮乏をいま少し免れていたら、徳川との関係も、幕末維新時の藩の動きもちがっていただろう。そうすれば、遅れていても龍雄の活躍の余地は、まだ存分にひろかったはずである。

第二に、龍雄が詩人だったことによる。政事に走るには、あまりに理想を持ちすぎ、自分の考えをふかくし過ぎた。

探索方は、情報をひろい集め、選択し、分析して正しい情報を藩に送るとともに、みずからの判断、意見も具申する。「いわば諸藩が、混沌としている政情の巷に送り込んでいる触手」と藤沢周平は位置づける。だから、探索方は自分の意見といえども客観的で、事実から導き出されていなければならない。そのためには、誰と接触するかが決定的になる。この点、三計塾の塾頭として、土佐藩谷干城にならぶ俊英といわれた龍雄は、同期先輩に諸藩の有力者を持っていた。長州の桂小五郎、広沢兵助（真臣）、品川弥二郎、世良修蔵、土佐の池内蔵太、河野万寿弥、薩摩の滋野厚保之蒸、黒田喜右衛門、紀州の赤城友次朗ら、安井息軒があげる先輩たちの名はまぶしかった。雲井龍雄はなかでも長州、土佐との往来をふかくしたが、それは彼の心情に小さくない影を落とした。

龍雄の考えを、端的に言えば王政維新である。天皇の元に万民協賛の新政府を出現させることである。徳川の回復は、龍雄から言えばあってはならない。しかしそうかと言って、武力で王政復古の大号令まで持ってきた薩摩藩のやり方には違和感があった。かつて長州藩と京師の主導権を争った薩摩藩が、いま徳川と主導権を争っている、と龍雄の目には映る。小御所会議の始終に、龍雄は薩摩の危険な策謀と、手段を選ばない強引さを感じる。その強引さに、長州、芸州二藩が引きずられている感じが強くした。その粗雑な強引さに、龍雄の中の詩人的な潔癖さと優しさが反撥する。

龍雄は、自分の考えにもっとも近い公議政体構想に接近し、それを実現させながら、徳川重視を修正させる方向を探っていた。

藤沢周平はこう描く。

龍雄は、幕府に二度も征長を仕掛けられた長州が倒幕を掲げることに理のあることを見ている。が、先に長州を京から追い、二度目は兵を動かさず、京でも江戸でもなにやらつかみがたい動きをとり、いつの間にか長州と手を結んで倒幕へと転換した薩摩を信用しなかった。詩人の潔癖さには、薩摩の転身が徳川に代わって天下を治めようとする俗論にしか見えなかった。雲井には、諸士にまじって議論を交わしつつ自分なりに見つけた、理想の変革過程があった。そしてそれは、遅ればせながら時代の激動に参加しようとする米沢藩の、身の置き所を確保することにもなるはずだった。

しかし、前述したように時は非情だった。

——薩賊、多年譎詐《けっさ》万端、上は天幕を暴蔑し、下は列侯を欺罔《きもう》し、内は百姓の怨嗟を致し、外は万国の笑侮を取る。其の罪、何ぞ問わざるを得んや。……苟《いやしく》も王者の師を興さんと欲せば、すべからく天下と共に其の公論を定め、罪案已に決して、然る後徐にこれを討つべし。然るを倉卒の際、にわかに錦旗を動かし、ついに幕府を朝敵に陥れ、列藩を劫迫して征東の兵を調発す。これ、王命を矯めて私怨を報じる所以の姦謀なり。其の罪、何ぞ問わざるを得んや。

薩賊の兵、東下以来、過ぐるところの地侵掠せざることなく、見るところの財、瓢竊《ひょうせつ》せざることなく、あるいは人の鶏牛をぬすみ、あるいは人の婦女に淫し、発掘殺戮、残酷きわまる。その醜穢《しゅうわい》、狗鼠もその余りを食わず。なおかつ靦然《てんぜん》として官軍の名号を仮り、太政官の規則と称す。これ、今上陛下をして傑紂《けっちゅう》の名を負わしむるなり。その罪、何ぞ問わざるを得んや……。

ここにおいて、あえて成敗利鈍を問わず、ふるってこの義挙を唱う。およそ四方の諸藩、貫日の忠、回天の誠を同じゅうする者あらば、こいねがわくは、わが列藩の逮《およ》ばざるを助け、皇国のためにともに誓ってこの賊を屠り、以てすでに滅するの五倫を興し、すでに斁《やぶ》るるの三綱を振い、上は汚朝を一洗し、下は頽俗を一新し、内は百姓の塗炭を救い、外は万国の笑侮を絶ち、以て列聖在天の霊を慰め奉るべし。

藤沢周平が作中に抜き書きした「討薩ノ檄」である。列藩同盟の指導者たちは、これを読んで大いに勇を鼓したといわれるが、所詮、あだ花である。龍雄の詩心は、このような檄文にではなく、もっと軽やかな、もっとひろびろとした世界をうたうはずのものだった。

藤沢周平は「遅れてきた志士　雲井龍雄」（『周平独言』）でこう書いている。

龍雄は天成の詩人だった。もっとも早い時期の「白田孤吟《はくでん》」から、二首を掲げよう。

新泥　屐《げき》を埋めて滑らかに　巡警　村衢《そんく》を歩む
春浅くして　梅身痩せ　烟濃《こまや》かにして　柳髪濡る
遙山低うして垤《てつ》に似　平野闊《ひろ》うして　湖の如し
樹に倚《よ》り　詩を吟じて立てば　嬌鶯　我に和して呼ぶ

市店　魚鱗列なり　長街　十字に横たわる
梳粧　野態多く　歌曲　村声を帯《お》ぶ
犬は睡り　寺門静かに　燕は来り　戸に巣くうて成る
晴に投ず　林外の路　水を評し　山を品して行く

さながら近代詩の世界である。世を憂える慷慨の詩も多いが、龍雄の本質はやはり詩人である。そのナイーブな直情の詩人が、もっとも詐謀、術策を必要とされる政治の世界に踏み込んで行ったところに、龍雄の悲劇があるだろう。しかし、むろん龍雄は詩人として生きることを望んだのではなく、志士として生きることを望んだのである。そしてそのように生きて、短い生涯を終わった。

藤沢周平が評価するように、前者に見られる、北国待望の春の到来、人と自然とがゆったりとそれを味わい楽しんでいる様子。また後者の街のにぎわい、暮らしの喜び、それと溶け合う小動物の営み、自然の風景。音があり匂いがある。まったく、近代詩の世界である。時に龍雄二十一歳、藩邸警備のために江戸へ出る前年の作である。自分の才をどの方向に向ければよいのか、悶々とした気持ちを抱えつつも、人と自然、郷土を見る眼はやさしく素直である。感情の発露に、すでに近代が萌している。

詩人・雲井龍雄を評価する声はつよい。

雲井龍雄の名がその没後に知られるようになったのは、幕末維新の漢詩人としてであった。まず三宅雪嶺、杉浦重剛などの論客によって龍雄の漢詩が激賞されてから、文人北村透谷、徳冨蘆花、哲学者の西田幾多郎などの愛唱するところとなったがためである。

（林田愼之助『幕末維新の漢詩―志士たちの人生を読む』《筑摩選書》）

自由民権運動の担い手たちが龍雄の詩を好んだのは、明治新政府への憤怒、世情への梗概の言葉にもあったろうが、それよりむしろ、その詩に流れる「近代」だったように思える。とすれば、龍雄は志士でありつつも詩人として生き、死んでいったともいえる。

第三に、雲井龍雄は藩主との主従の関係を断ち切れなかったことである。

龍雄は刻苦した。学問を修め、身を立てようと必死だった。生来の強情、猪突猛進、米沢あたりでいう「ガムクチャレ」だった。それが、学問に向かった。藤沢周平も紹介しているが、「深夜の眠気をさますために、眼に薄荷を塗り、唐辛子を噛り、棒で自らの頭を殴り瘤だらけになったなどという打ち込みようとなる」。

それほどまでにして身につけた学問も、しかし、引き手がない。鬱壊だけがたまっていく。

……先年自刃した恩師山田蠖堂が開いて見せた世界が、龍雄の頭脳の中に描かれている。それは貧しい藩財政のために、地にしがみつくようにして生きることを余儀なくされている下級藩士の一人である龍雄には、目が眩むような世界だった。四囲を重畳する山山に囲まれた米沢領の外に、その世界は無限にひろがり、新しく生まれ変わるべく動いているという。血を吐くまで刻苦して修めた学問を、そこで生かすべきだった。磨いた己をそこに投入し、何ごとかを成すべきだった。屋代家の再興は、そこでの己の働き如何による。

その望みを抱きながら、現実には龍雄は米沢藩組外五石二人扶持の下級藩士小島龍三郎として、屋代郷警備の人数の中にいた。雲井龍雄は本名小島龍三郎、米沢袋町の中島家の次男として生まれたが、十八のとき館山口町の小島家に養子となり、小島姓を継いだ。雲井龍雄を名乗るのは慶応四年以後である。

江戸詰から帰郷し、軽い喀血もして身を養生していたとき、龍雄は世情を憂い、藩のとる道について意見をあげた。藩主斉憲が龍雄の上書を見、一度上洛を許可したのを藩上層部が握りつぶしたということを人づてに聞き、憤激した。それでもめげず、自分を探索方に任命してくれたら、過去の事例、現下の情勢をつぶさに分析し、役に立ってみせる、駄目だったら殺されても文句はいわない、とまで書いて再度、上書した。世子茂憲が龍雄を呼び出したのはそれから二月ほどしてからである。

龍雄がようやく部屋の内に入り、襖を閉めて再び平伏すると、茂憲は言った。

「上書を見た。そこで願いの通り小島を探索方に採用し、上洛を命じる」

簡明な言い方だった。龍雄は一瞬血が一斉に騒ぎ立ち、身体が顫えるのを感じた。茂憲が、また何か言ったが、龍雄の耳はそれを聞かなかった。平伏しながら、

――この人のためなら、死んでもよい。

と思った。


藤沢周平がとらえた龍雄のこの心理は、おそらく、彼のその後の行動を決定したと思われる。龍雄は、三計塾の塾頭をつとめたこともあって、江戸詰から帰藩するころには、藩主への意見書である上書を差し出すほどには認められていたのだろう。とはいえ、最下級の藩士に、世子が直接会って希望を叶えると伝えるのだから、雲井の感激はどれほどであったろう。それ以前に藩重役たちが最初の上書を握りつぶしたことを知っていたから、なおさらだったにちがいない。

後年、すでに戊申の戦いも終わり、米沢藩は越後戦争で戦死した家老色部長門に全責任をかぶせて事態をやり過ごし、新政府のもとで出発しようとする。その藩の態度を眺める

雲井の感懐を藤沢周平はとらえて項を起こしている。幕末維新時の雲井の働きを認め、藩が何か希望はないかと問われたのにたいして、雲井は実母が出た屋代家の再興を願い出た。が、藩は素っ気なく却下した。屋代家の再興などさしたるほどのことではないはず、いったい、私より功のあった方はほかにいるのか、となじった。そのときのことである。

雲井は十五の時、屋代家の再興を藩に願い出ようとしたことがある。亡くなった実母の遺言でもあった。が、中條政恒に止められた。小説世界では、「孝心は感服する。しかし事には軽重があり、物には先後がある。この場合、藩士としてのそなたは、屋代家を没籍処分にした君命を重いとしなければいかん」と諭され、やがて藩のために功を立て、それによって屋代家再興の特例を得ようと心に決めた、と描かれる。

中條政恒は郡山の安積開拓事業の責任者をつとめた、作家宮本百合子の祖父である。姓の「中條」は本源では「ちゅうじょう」であるが、維新後も引き続き県政の役人をつとめるにさいして読み方を変え、「なかじょう」としていた。「ちゅうじょう」にもどすのは政恒の長男、百合子の父、精一郎の代になってからである。精一郎は藩主上杉茂憲の長男上杉憲章とともにイギリス・ケンブリッジ大学に学び、札幌農学校や米沢城二の丸跡に建てた茂憲の本宅（鶴鳴館とよばれた上杉伯爵邸、上杉記念館になっている）を設計した。

私は二十数年前、文芸評論家の故・佐藤静夫と一緒に、郡山の開成山公園にある宮本百合子の碑（「貧しき人々の群れ」の一節を刻んだ）や、道路ひとつ隔てた南に小さな公園になっている中條政恒の屋敷跡を訪ねたことがある。百合子が一九四五年八月十五日に、昭和天皇の敗戦を告げるラジオ放送を聞いたところである。屋敷は一九六六年に取り壊され、そのさい、有志が「中條邸跡」の碑を建てた。

碑は、自然石に黒みかげ石をはめ込み、「安積開拓の父、中條政恒は晩年をこの地に終えた。政恒の孫、宮本百合子はその作品『貧しき人々の群れ』『播州平野』の舞台をこの地に採った」と彫られている。

政恒は安積開拓事業の後、鳥取県大書記官になるものの病に倒れ、東京で療養生活を送る。それを知った安積の人たちや開成社社員などが移住を懇願し、病をおして家族そろって移り住んだという。よほどの親近と思われるが、それは、佐藤と郡山市役所の市史編纂室を訪ねたときにも生きていた。

〝中條さんのことで〟と口を開くと、それまで胡乱な者たちという目でこちらを見ていた室の人が一様に顔をほころばせた。よくぞ来てくれたとばかりに椅子をすすめ、お茶を運んできて、「〝なかじょうさん〟のことですか」「最近あらためて研究する人が増えてるんですよ」と誇らしげに語りはじめたのである。

「ちゅうじょう」でなく「なかじょう」と呼ばれるのがいささか不思議で、ここではこうなのかと、あまりの自然な口調に尋ねることなくそのままにしていたが、雲井龍雄との思わぬ関係からそのわけも分かった。
ともあれ、龍雄の憤慨である。

龍雄の憂鬱は別にある。正確に言うことが難しかったが、いわば、藩が遠ざかったような気分が龍雄にある。藩が変質したといってもよい。あれほど愛し、忠誠を誓った藩とは異質の、得体の知れないものに、米沢藩全体が変貌しつつある、と龍雄は感じる。いまの藩に忠誠を誓えるかと言われれば、答えは明らかに「否！」だった。藩主茂憲の知遇に酬いる気持ちをのぞけば、龍雄の心はもはや藩を離れている。

藩が変貌しつつあるのは、ひとり上杉だけのことではない。時代は、音をたてて流れ出そうとしている。そのことを百も承知の龍雄でありながら、ことここに及んでなお、藩に家名の再興を願い出、また、茂憲だけはわが主と思っている。
この悲しいまでに封建主従の枠に重くとらわれた心理こそ、彼を「遅れてきた志士」にとどめた根本のものだったのではないだろうか。藤沢周平がとらえた雲井龍雄にそれを見つけることとは、むつかしいことではない。

極秘の庄内藩探索

あまり知られていないが、雲井龍雄は京へ出る前に庄内地方の探索に出向いている。慶応二（一八六六）年一〇月の「丁卯の大獄」、「大山庄太夫一件」とも呼ばれる庄内藩のお家騒動の調査である。藤沢周平は作中これに触れていない。小説執筆時（一九七四年）に依拠、参照した文献にもこれに触れているものがなく、やむを得ないかもしれない。雲井龍雄の庄内探訪について公に明らかになるのは、一九八一年に出版された安藤英男『新稿　雲井龍雄全伝』（前出）あたりではないかと思われる（安藤にはその旧編『雲井龍雄研究、伝記篇』《明治書院》があるが、これには記載がない）。

ただし安藤は、龍雄の庄内探索を慶応二（一八六六）年の初冬から厳冬にかけて、一応十一月ごろと推定している。しかし、それは無理なように思える。安藤がここで、行路の艱苦をしのぶ意味でも、と書き下し文で摘録した龍雄の手記をみても、「春は柏橋に漲り」とか「鳥舉坂、頭を回らし、白龍湖を望む。春水、岸に溢る」「十六日、早に上ノ山城を發す。春雷皚々、夢を連ね」などとある。素直に読めば初春以外ではない。高島真は、『雲井龍雄庄内藩探索紀行』（無明舎出版）で安藤説に疑問を投げかけ、龍雄の庄内探索を慶応三年初春とし、上京をその年の秋としているが、そう考える方が無理はないと私も思う。

高島はまた、龍雄の庄内派遣を「探索方任命のテスト」と見ているが、これも同意できる。三計塾での俊英ぶりを認め、くり返しての懇請があるとはいえ、いきなりの京探索方は藩上層としても決断できなかったろう。京へ出て諸藩の人士と交わり、情報を得て分析する、その正確さによって藩の命運がかかるのである。龍雄が「逆上《のぼせ》」であることはだれもが知っている。思い込んだら一歩も退かない。

藤沢周平も描いているが、「オリキリキ」という話がある。六、七歳のころのことである。大勢の子どもが遊んでいる横を身なりの立派な武家が通った。龍雄が「オリキリキだ」というと、「オリキリキでないぞ。オレキレキだ」と反発し、はげしい言い争いが起きた。素読の先生に聞こうということになり、「お歴歴」だと教えられる。

負けたら大椀で水十杯、という約束に、井戸端へ行って龍雄は飲み始めた。五杯目ぐらいまでは囃し立てていた子どもたちは、七、八杯になるとしんとしてしまった。龍雄の足は細かくふるえ、水を飲みくだすたびに苦しげに顔がゆがむ。「もういい。わかったからやめろ」と餓鬼大将がいってもやめない。約を違えまいとする龍雄の意志に、子どもたちは恐怖を感じた。龍雄はついに十杯の水を飲みきった。

この強情は、もちろん時と場合は心得るようになったものの、成人になっても変わらない。それが探索方にどう影響するか、藩の命運がかかることであれば誰もが心配する。庄内藩派遣は、そのような龍雄の探索方としての適性を見極めようとする藩首脳の計らいと見る方が妥当だろう。

こうして慶応三年初春（陽暦の三月）、龍雄は同僚の柿崎家保とともに庄内に向かった。表向きは鶴岡と酒田の町奉行に書類を提出するということになっているが、鶴岡のそれは宿の息子に頼んで届け、酒田のそれは龍雄の日記でもあいまいにされている。他藩の奉行宛の書類を持参して届けるということは、さも重大に思えるが、じっさいの処理はきわめて杜撰である。手紙を届けるのは何かの口実にすぎないようである。

龍雄は、庄内から帰藩後、「荘内騒動一件聞書」を藩上層に提出している。

庄内騒動とは、前年十月の「丁卯の大獄」である。庄内へ足を運んだのは、書状を届けるのを名目に、情報を集めている者から直接聞き取るのが目的だった。

「丁卯の大獄」については次章で詳しく考えることにして、ここでは、雲井龍雄の庄内探索である。これが、米沢藩首脳にとっては、あくまでも雲井の探索方としての能力の見極めである、と前述した。もちろんそのような内示文書は残されていない。だが、前出『雲井龍雄　庄内藩探索紀行』によれば、龍雄の報告はいきなり、「日下部宗伯　町医者、無格、年三十二、三。寅（慶応二年）の十月二十八日、市中においてあげられ、その日のうちに入牢、十一月八日取り調べとなる」と書き出されている。つまり、事件の概要を述べ、さらに詳述し、関与者の処分を綴るという、おおよそこの種の報告文書のかたちではないのである。

これは、慶応二年秋に庄内藩で大きな動きがあったことは米沢藩でもつかんでおり、それによって庄内藩が一応、佐幕に藩論をまとめたこともわかっていたことを示している。米沢藩として知りたいのは、それで庄内は揺るがないか、の見極めだったのだろう。庄内藩がその点でいくらか甘く、また、情実を交えて事件関与者への処分を軽いものにとどめるなら、藩論が動く可能性はあり、それをつかみたいと考えたにちがいない。なにせ、庄内酒井家は徳川譜代、四天王の一人である。庄内の動きは奥羽の命運にかかわる。米沢がこのまま徳川と命運を一緒にしてよいか、見極めなくてはならない。

龍雄は庄内・酒田で神保乙平なる人物に会って情報を得る。

神保は米沢藩の窓口となっていた男で、謎めいた格好で酒田に入り、私塾を開いていた。藩とのあいだで必要な文書の往来はあったろうと思われるが、「丁卯の大獄」後、何らかの事情で神保から情報が来なくなっていた。その神保のもとに龍雄が派遣された、と考えるのがいいだろう。

神保乙平は、米沢藩の儒者神保蘭室の孫で、二十八歳で五十騎、禄高九十石のとき、二十歳になった上杉斉憲の「御学問御相手」をつとめたものの、天保十五（一八四四）年、家督をゆずって隠居したと『上杉家御年譜　十五』にあるという。別の説では、「江戸在勤中に無断で家に帰った罪により追放され、秋田より酒田に移り住んだ」（阿部正己編『荘内人名辞書』）とも伝えられている。また、明治十七年に門人たちが神保乙平の徳をたたえて建てた碑によると、「先生は弘化三年に藩職を辞して酒田にこられ」、私塾を開設しておよそ二十七年の夏冬、日夜つとめに励んで、名声と人望はひろがり、門人は数百をくだらない、「先生は、明治元年に旧藩の命を奉じて故郷に帰り、明治十三年一月にこの世を去った」となっている。

三十三で家督をゆずって隠居したのか、それとも「追放」されたのか、事実は不明だが、いずれにしろ弘化三（一八四六）年に酒田に現れ、富商白崎五右衛門の援助で私塾を開設したのはたしかである。白崎は神保の祖父蘭室に漢学を教わった門弟で、その縁を頼ったものと思われる。ただし、神保は米沢藩との関係は切れていないらしく、慶応元（一八六五）年に飛島近海で加賀国の沖船が軟派したとき、米沢藩から預かった青苧の荷が海中に投げ出され、六十個のうち三十七個は引き揚げたものの二十三個を失うということがあった。そのさい、沖船頭は、なんとも申し上げようがなく、恐れいっている、と「上杉弾正大弼様御内」の書状を神保に差し出しているのである。

庄内藩もまた、藩役人が「酒井左衛門尉内」として、〝残りの二十三個について海中を捜索し、沿岸の村々に触れを回して手配したがいまだに一個も発見できない、見つけた際は申し出るよう達しを出したので、申し出があり次第、米沢藩の御用商人に渡す〟という書状を「上杉弾正大弼様御内」の神保に送っている。つまり、神保乙平は庄内藩も公認する米沢藩の窓口だったのである。

北前船による大量の荷の運搬が一般的な時代、酒田に窓口を設け、最上川を使って米沢と往来するのはごく当たり前だったろう。酒田には、米沢藩の御蔵宿で藩御用達の商人もきちんと置かれている。神保は、私塾で門人たちを教えながら、藩の仕事もしていたのだ。当初からそうだったのかどうかはわからないが、「丁卯の大獄」時はそうであった。事件は、神保から何らかの方法で米沢に伝えられていたに違いない。庄内藩は重大事件でもあり、外に漏れるのを全力で防いだろうから、同じ方法は二度は使えない。じっさい、荘内藩は各所で荷検めをおこなっている。そこで龍雄の派遣になったと思われる。

さて、その龍雄の「荘内騒動一件聞書」であるが、前述したように、一党が集まって意見を交わした集会場の主日下部宗伯にはじまって、深瀬清三郎、大山庄太夫、永原寛兵衛……と続いていく。大山については、老公（忠発）の父（忠器）の代に江戸留守居役、のち侍頭。現在、隠居。十一月八日から心添え番がついていたところ、同十四日に便所で自害。塩漬けにされたがいまは軒下に棺なしで仮埋めされ、足軽が昼夜ともに番をしている、などと記述している。

重要人物である松平舎人については、一族家系二千石取り。父君の代に国家老、のち蝦夷地中庄内領地奉行、また酒田城代。いまは無役。（慶応三年）正月二十八日に不審を抱かれ、追って調べがあるので謹慎をいい渡されていたところ、二月五日の朝に自害。遺体は寺に仮埋めし、足軽がこれを守って番をしている、などとある。また、もう一人の重要人物酒井吉之丞（右京）については、松平舎人と同様、謹慎を申し渡されていることを述べたあと、庄内でも指折りの豪傑で、律儀な人間、これまでも痛切な意見を老公に述べており、今回も申し開きをすれば疑いは解けるだろうと呼び出しを待っている、と報告している。酒井右京が一党の首領として大目付の取り調べを受けたのは、龍雄が庄内を離れたあとだったようで、右京はその後、九月に切腹を命じられている。

龍雄の報告は、この事件を引き起こすもとは松平舎人と大山庄太夫で、忠器時代にかわいがられ藩政をもっぱらにしてきたが、長く閑職に追いやられたのを恨みに思い、老公の悪行を公儀に密訴したのをはじめ、藩政を自分たちのものにしようとしたことにある。慶応二年十月中旬の二日ばかり、百姓二千人がが城下に集まり、その後も村々に集まった一揆もどうやら一党が後ろ盾のようだ、なども書き加えた。

神保乙平は、龍雄に語るほどには情報を得ていたようである。彼もまた長年にわたって培った人脈をフルに活用したに違いない。龍雄は、神保の情報源についても確認を怠っておらず、報告は、反佐幕派を一掃するという強い庄内藩の対応を確認することができ、藩上層にとっては十分なものだったろう。

こうして龍雄は、晴れて京へおもむいた。歴史の舞台にようやく立った。悲運の結末など微塵も思わなかったにちがいない。

注目したいのは、「一件聞書」が、そのための下書き「手筆日記」にはない事項を加えていることである。庄内藩が事件をいっさい秘匿するために、取り調べに加わった役人には他言しないと血判を取り、被疑者にも、漏らした場合、罪は重くなると申し渡しており、藩士でも事実を知ることはできない、と龍雄は記した。

厳重秘匿のこの命令こそ、雲井龍雄がそこまで思いを延ばすことはなかったにせよ、長い間この地の人々をしばることになるのである。

歴史の非情

――「十四人目の男」と「丁卯の大獄」

幕末の庄内藩で起きた「丁卯の大獄」を、藤沢周平は描けなかった。

書き辛いということで、私がいま難物だと思っているのは、幕末の荘内藩の動きを指導した菅さんという人のことである。会津藩とならんで最後まで朝敵とされたこの私の郷里の幕末史は、ぜひ一度とりあげたい素材なのだが、その中心人物だった菅さんという人は、いまだに評価が分かれているところがあって、この人を書くには相当の覚悟が必要のようである。

（「書きにくい事実」、『小説の周辺』所収）

と述べている。菅さんというのは菅実秀《すげさねひで》のことで、幕末維新の庄内をリードした中心人物である。天保一・一・八（一八三〇・二・一）生まれ、明治三十六（一九〇三）・二・十七没。『朝日日本歴史人物事典』は、「幕末明治期の庄内藩（山形県）中老、酒田県権参事。号は月山の異名臥牛。実則の子として出羽国鶴岡に生まれた。文久三（一八六三）年藩主酒井忠篤のもと、松平親懐と江戸市中取り締まりに当たる。戊辰の戦後処理では、新政府に移封命令を撤回させる敏腕を発揮。明治二（一八六九）年大泉藩（酒田県）権参事、同七年辞任。私淑する西郷隆盛没後『南洲翁遺訓』を編集。士族救済のための松ヶ岡開墾をはじめ銀行、米取り引き、製糸などの事業を興す。『昨日の我にてはすまぬ』の言の通り行動の人であった」と解説している。

これによると、菅は幕末維新時だけでなくその後も、庄内地方の商工業を主導したことがうかがえ、幕末史を書くのはなるほど難しいだろうと思われる。それでも藤沢周平は、たとえば清川八郎を描いた「回天の門」の作中で事件にいたる庄内藩の情勢を点描し、歴史読物のかたちで「荘内藩主酒井忠発の明暗」（『周平独言』所収）を書いている。

短篇「十四人目の男」は、庄内藩に隣接する徳川譜代、六万三千石の粟野藩を舞台にした創造世界だが、明らかに「丁卯の大獄」を念頭に置いたと思われる。『別冊小説新潮』一九七五年冬号に発表されたこの作品は、短篇だが時間軸は長い。

二五〇年生きつづけた封建倫理

作品の序章は主要な人物の紹介である。

一人は、主人公・神保小一郎より一つ年上の叔母・佐知である。

佐知は小一郎の祖父神保宋左衛門の末子で、二歳のときに祖母が、八つのときに祖父が死没し、以後、長兄である小一郎の父斎助に育てられた。祖母は、ほしがった女の子だったにもかかわらず高齢で身ごもったことを恥じ、楽しまなかった。

佐知は斎助の家から二度嫁入ったが、二度とも不縁になって戻ってきた。一度は、江戸詰を命じられた夫が些細なことから同僚と口論し、その場で相手を斬り殺して自分も腹を切った。そのため家が断絶し、戻されてきた。二度目は作事方で、雨中の工事を指揮したあと高熱を発して倒れ、城下まで運ばれる途中で死んだ。家督をまだ十歳の弟が継ぐことになり、親族の後見が条件だったため佐知のとどまる座がなかった。

いま、三度目の縁談が持ち込まれている。相手は、二百五十石で組頭をつとめる藤堂帯刀である。自分は不幸を運ぶのではないかと尻込みする叔母を、小一郎は焚きつけるような言葉で励ます。

もう一人は、小一郎の親友・矢木沢兵馬である。

佐知を交え三人は幼いころから一緒に遊んだ。禁門の変があったいま、世情は騒がしく、江戸屋敷から、庄内藩と連携して北方秋田藩の動きを監視すること、軍事調練を積み異変に備えよと通達が届き、小一郎と兵馬は青年組の訓練の手配りを協議する。二人は、剣道場は違っていたが、同じ兵法者から鉄砲を習っていた。それぞれ一隊を率いて訓練に臨むのだ。

兵馬は小一郎の二つ年上、病父に代わって七十石の家督を継ぎ、小姓組に出仕している。

小一郎をふくめた三人が一つの渦に巻き込まれるのは、それから三年後の慶応三年、粟野藩を揺るがす事件によってだった。次席家老貝坂備中以下十三名およびその家族が突如斬罪の処分を受けたのである。大目付の率いる一隊が各屋敷をおそい、ある者は腹を切って自裁したが、そのなかに藤堂帯刀の名があった。罪名は反逆罪とだけ告げられ、内容は固く秘匿された。

その後、七夜にわたって処刑がおこなわれた。七日目の夜、小一郎は刑場の対岸の松林に潜んで目をこらし耳を澄ませた。佐知と帯刀の先妻の子市蔵、嫁いで生んだ二歳の女児まで斬られるという話を、道場仲間に手を回して聞き出したのである。

不意に小一郎は立ち上がり、松の幹に手をかけて対岸をのぞき込んだ。子供の泣き声がしている。赤児の声ではなく少年の声だった。細く鋭い声がそれをたしなめたようだった。「市蔵」と呼んだように聞こえたが、空耳のようでもあった。小一郎は耳に手をあてがい、声を聞きとろうとしたが、佐知の声らしいものはもう聞こえなかった。

少年の泣き声が途絶えたと思ったとき、不意に鋭い掛け声が水面に響いた。しばらくしてもう一度掛け声がひびき、やがて篝火が消えた。


小一郎の胸に、苦しいほどの悔恨がある。無理に縁談を奨めるのではなかった、と喚きだしたい思いがある。佐知を、運の悪い女だと思うことなどできなかった。

それにしてもいったい何があったのか。叔父の鷹次郎の推測は、幕府が二回目の長州征伐に失敗したことで諸藩が大きく動揺し、粟野藩もどう対応するかをひそかに模索しているが、それにかかわっているらしいとのことだった。江戸藩邸の考えは、東北諸藩のうち会津、庄内が佐幕、秋田、天童などが反幕勤王、他は形勢観望というなかで、次第に反幕的な色を強めてきていた。といって、貝坂どのや藤堂どのがそれに異を唱えたとも聞かない、大目付に反抗して腹を切ったというのはよほどはっきりしたことがあるはずだが、そのあたりがどうもはっきりしない、と鷹次郎は首をかしげる。

半年ほど経って、小一郎は偶然、事件の起きた日の夕暮れ、兵馬が藤堂家の菩提寺である龍善寺境内で斬り合いをしたことを知る。佐知の墓参の折、寺男から聞かされたのだ。話で、斬り合った相手をふくめ、貝坂や藤堂らが寺で定期的に集まりをもっていたことを知る。和尚にたしかめると、集まりは昔から年一度、三年前からは月一度に変わったという。人数は十四人、挙げた名前は兵馬を除いてこの前の事件で家族もろとも死に絶えていた。

小一郎は、兵馬が裏切って密告した、と推測する。佐知を殺したのは兵馬だということになる、と思った。小一郎は兵馬に糺す。返答次第では討ち果たすつもりだった。兵馬は俳句の集まりで、決闘は相手が姉と密通していたからだ、などと言い訳する。しかしそれが嘘だと分かり、小一郎はふたたび兵馬と対峙する。兵馬は、たしかに密告したのはおれだが、独断ではない、貝坂さま、藤堂さまと相談のうえだと言う。

感状組というのだ、と兵馬は言葉を継ぐ。

元和元（一六一五）年、大坂夏の陣で徳川家康は西軍の真田隊三千五百に襲いかかられ、総崩れのなかを命からがら三里も逃げのびる。家康は死も覚悟したといわれるが、窮地を救ったのが下総二万五千石の粟野藩の一隊だった。なかでもめざましくたたかった十四人に、後日、家康からじきじきに感状が下された。粟野藩はその功によって下総から羽前へ、佐竹藩に対する備えとして六万三千石に加増されて移封された。

入部して五年後、藩主は痼疾の喘息から重病を併発して死ぬが、その直前、家康から感状を受けた十四人を枕頭に呼び、「徳川家を裏切るな。どのようなことがあってもだ。この方針に背く者があれば、藩主といえども誅してよい。それをお前たちに頼む」といい遺した。粟野藩を徳川とともに栄え、徳川とともに滅ぶ藩として方針を貫く中枢に、藩主よりも十四家を置いたのである。枕頭には次代の藩主は呼ばれていなかった。

しかし、藩主が心配したようなことは何も起こらず、何代か過ぎた。十四人（家）は年に一度集まり、当主が代われば新しく家督を継いだ者を正式に組に加える儀式をおこなってきた。だが事態が急変した。幕末、粟野藩は徳川譜代の藩という枠を超えて時代の動きに合わせて生き延びる道を模索した。感状組は、藩が勤皇か佐幕かの旗色を明確に打ち出そうとするときをとらえて重臣を襲い、場合によっては藩主を幽閉する手順を決めた。

兵馬は、決闘した相手がそれを密告しようとし、自分を裏切りに誘うとともに、組中には数人の同調者がいることもほのめかしたという。事態は急を要し、兵馬は貝坂、藤堂と相談して、時勢に不満な者が集まって藩上層部を襲う計画があると密告し、藩はそれを信用して自分を赦した、と苦笑まじりに話した。

「感状組は、この大事なときに壊滅するところだった。だが、俺が生き残ったことで壊滅を免れた形だな」

兵馬の言葉に、小一郎は何をやるつもりだと質すが、そのときが来たら言うと兵馬は言葉を濁した。

明けて慶応四年春、奥羽の諸藩は、会津、庄内の二藩に圧力を強める官軍と、それに抵抗して会・庄二藩をかばって結束しようとする仙台・米沢二藩を中心とする動きのなかに揺れていた。粟野藩にも、奥羽鎮撫軍総督九条道孝の密使と米沢、会津の諸藩からの使者が交互に出入りした。

そして、「明日、九条総督からの使者が来る。お上が城門までお出迎えなさることになった」と、兵馬が小一郎を訪ねてくる。使者を迎え、明日官軍方と密約を結ぶと言う。兵馬は、俺は官軍の使者を斬る、そのとき側にいてくれ、俺が使いを斬ったら脇目もふらずに俺を斬ってくれ、と小一郎に打ち明ける。

〝そんなことをしてわが藩はどうなる〟

〝否応なしに官軍と手を切らざるを得ない、あとがどうなるかは俺の知らんことだが、組の生き残りとしてはそうするしかない〟

翌日、城門前で左右に列を作って使者を迎えた家臣のなかから、兵馬はついと前に出、先頭を歩いてきた四十過ぎの使者を一太刀に斬り下げた。小一郎はいち早く走り寄ったが、わずかにためらう。それを見た兵馬は、小一郎が斬りつけた剣の下に身を投げ出すように体を入れ、倒れた。

「八木沢兵馬が乱心したぞ。兵馬が気が狂った」

叫びながら、小一郎は眼の裏が熱くなるのを感じた。叔母も哀れだが、兵馬も哀れだという考えに衝《つ》かれたのである。

遠江守光辰を囲んで立った石黒権十郎、長井庄左衛門らの重臣は、総督府から来た使者の供侍が、死骸《しがい》を見捨てて馬でいっさんに逃げ去るのを凝然と見送っていた。

五月三日仙台で調印された奥羽列藩同盟に、粟野藩は主席家老石黒権十郎を送り、正式に加盟した。

小説はこのように閉じられる。

何ともやるせなさの残る結末である。「感状組」などという、二百五十年ものあいだ人々を縛りつけてきた封建倫理がまもなく崩れようとする時代に、なおそれに生きざるを得ないと決めた兵馬の人生に、暗澹とする。気持ちが塞がれるのは、その彼を斬る小一郎の心だ。やっとつかんだ幸せの日々をそっくり奪われた佐知への思慕であり、二人への愛おしみだ。

藤沢周平は、あるいはこの結末に、人が生きるとはどういうことなのかを考えようとしたのかもしれない。そこへ読む者を一直線に引き入れるために、あえて枝葉を切り落としたとも思えるほど、細部を顧慮していない。めずらしいことである。

たとえば、兵馬の密告を受けてすぐさま大目付が動き、次席家老、藩上士が切腹する、ということである。下級藩士が藩有力者を訴え出て、ただちに手配されるなどということは、おそらくないだろう。以前から何か懸念を抱いて密かに調査していたか、よほどの証拠が必要だと思われるが、作中には描かれない。

また、奥羽鎮撫軍の使者を暗殺したことから粟野藩は列藩同盟に加わることになるが、これもいささかリアリティに欠ける話である。粟野藩は庄内に隣接しているのだから、その位置の重要性はだれの目にも明らかである。乱心者の仕業であり、藩論は変わらないといっそう官軍に忠誠を尽くす道もあり得る。また、とんでもない事件が起きたとはいえ、佐幕に態度を決するのなら、藩内にそれを強力に主張する勢力が必要だろうが、作品はそれらも黙殺している。

たとえ創造世界のことでも、そういう点をおろそかにしないのが藤沢作品のはずである。「よろずもめごと仲裁」の神名平四郎が剣道場で知り合う友の出身藩一つにも、剣の流派のひろがりを背景に置く周到さについてはすでに述べた。そういう細やかさの点でも、この作品には藤沢周平にはめずらしい弛みがある。というよりも、何が何でも粟野藩を佐幕に引き入れる、兵馬のその執念につられるように作品も強引な展開なのである。主人公に設定しながら、神保小一郎が話の狂言回しの役を担うだけで、幕末期にありながら思想をふくめた人物像が淡いのもそのためと思われる。しかし、あるいはそれこそが作者の言いたかったことなのかもしれない。つまり、藤沢周平には、いかに徳川譜代とはいえ佐幕で藩論を貫くには相当な無理をしなければ出来ないという考えがあり、それを「十四人目の男」で描き出そうとしたのではないかと思うのである。藤沢周平がそう考える背景に、慶応二年から三年にかけての庄内藩「丁卯の大獄」があった。

主導権争いから「丁卯の大獄」へ

前章、雲井龍雄の庄内藩探索で述べたように、事件はかたく秘匿とされた。この事件によって庄内藩は佐幕に藩論をまとめ、薩長軍と武力衝突に入っていくのだが、そこには複雑な藩情が絡んでいる。前出の斎藤正一『庄内藩』や藤沢周平「荘内藩主酒井忠発の明暗」などからひろってみる。

一つは、老公忠発とその父忠器およびその執政陣との確執である。

庄内藩第八代藩主酒井忠器は、文化二（一八〇五）年に十六歳で家督を継ぎ、天保十三

（一八四二）年にその座を長子忠発に譲るまで三十七年間、藩政をにぎった。藩主就任当時は家老竹内八郎右衛門に藩政をゆだねていたが、竹内が文化六（一八一一）年に失脚後はみずから藩政にあたり、本間光道を登用して財政の立て直しをはかったのをはじめ、養蚕を振興して殖産興業をすすめ、天保の飢饉にも領民救済に当たったといわれる。

すでに見たように、忠器は天保十一（一八四〇）年の三方領地替えを阻止するために奮闘した。文政四（一八二一）年に侍従、翌年、幕府の使者として京へ上がり、天保八（一八三七）年に少将に任ぜられて将軍家慶の左大臣補任のお礼の使者として京へ上がったことなどから、朝廷への忠誠心がつよかったとも伝えられている。

忠発が跡を継いだのは三十一歳のときで、あまりに遅いといえる。尊皇心の強かった忠器に対して忠発は徳川譜代として佐幕を強く意識していたといわれるが、家督相続に見られる忠器の忠発軽視への反発からいっそう頑なにそうなったようでもある。

三十七年間の忠器の長期政権は、それを支える執政陣の緊密な関係とともにあった。忠器隠居時のそれを見ると、家老＝松平甚三郎、酒井奥之助、水野内蔵助。中老＝酒井吉之允（右京）、竹内右膳、松平舎人。江戸留守居役に忠器の近習だった大山庄大夫、という顔ぶれだった。酒井奥之助、右京は両敬家といわれ、酒井宗家とは血縁関係にあり、かつては相談役として役職に就かなかったが、忠器の代に藩政に参加させることで藩全体につよい発言力を持ち、政権の安定にもつながった。

執政陣はまた、酒井右京の母が竹内八郎右衛門の娘で、そこへ妻に水野内蔵助の妹を娶ることで犬猿の関係だった竹内と水野を結びつけたのをはじめ、松平舎人の妻が酒井奥之助の妹、舎人の長子源四郎の妻が奥之助の娘、また両敬家のあいだにも姻戚関係があるなど、太く強い関係で結ばれていた。

この一党が、藩主が交代しても引き続き権力を保持したいと思うのは無理もない。しかも幕末の揺籃期である。尊皇から公武合体へ藩論をまとめて乗り切る方向を探り、彼らの周りに人も集まる。いつしか「改革派」と呼ばれるようになり、忠発の相続直後から廃立運動を起こす。忠発の方も、三十一歳まで遅らされたうえに藩主になったらなったですぐに交代騒ぎが起きると、当然おもしろくない。しかも廃立運動は一度ならず二度三度、くり返し起きる。とくに、忠器が病で倒れてなってからは、存命のうちにと改革派は焦った。

嘉永二（一八四九）年、改革派の画策によって忠発の二男忠恕《ただひろ》と土佐の山内豊信《とよしげ》（容堂）の義妹との婚約が成り（忠恕十一歳、五年に結婚）、将軍に謁して叙任を受けた。ところが、嘉永七（一八五四）年に忠器が病死すると、忠発派の巻き返しがはじまり、安政五（一八五八）年、忠恕が突然死する。病死とされたが、近習による布団捲きの圧殺死や毒殺などと噂された。継嗣が問題になり、忠発は三男繁之丞を望んだが幼少で不適とされ、改革派の推す忠明（分家で幕府旗本）の弟忠寛《ただとも》を養子にし、幕府の許可を受けた（安政六年）。

改革派は、藩政の主導権争いにいったんは勝ったかに見えた。しかしこの間にも、大山庄太夫は国もとに呼び戻されて在所勝手を言い渡され、酒井奥之助は家老職を解かれた。松平舎人は中老職から支城亀ヶ崎城代に左遷、中老酒井吉之丞はその前に辞職したうえ隠居して左京を名のり、弟玄蕃に家督をゆずった。そして万延元（一八六〇）年、酒井奥之助は上書して藩政批判をおこなったことを咎められて隠居逼塞の処分を受け、それについて諫言書を出した酒井右京も逼塞を命ぜられた。松平舎人は蝦夷地総奉行として北辺に派遣され、玄蕃も副奉行として同行し、ここに改革派の重臣はことごとく藩政から遠ざけられてしまった。

文久元（一八六一）年、忠寛が家督を継ぐ。忠寛は英邁で、改革派は希望を持つが、しかし翌文久二年、忠寛は当時流行した麻疹によって病死してしまう（享年二十四）。妻子を持たなかったので、死を秘して忠発の三男繁之丞（忠篤《ただずみ》、十歳）を養子にする手続きを済ませ、翌文久三年、忠篤が家督を継いだ。

こうして、すでに隠居しているもののようやく忠発の政権基盤が落ち着いてくる。江戸では、文久三年、庄内藩は新徴組を預かり、江戸市中警備につくようになった。用掛に松平権十郎（組頭、のち中老）がつき、江戸留守居に菅実秀が抜擢された。これにより田川郡の公領二万七千石を下賜され、藩は十七万石格になる。

庄内藩がいよいよ幕府と一体になって時勢に乗ろうとするのを、改革派は黙視できず、元治元（一八六四）年、酒井右京、大山庄大夫らは、藩政改革に関する陳情書を老中稲葉正邦に提出する。決死の思いとはいえ、稲葉は忠発の娘婿であり、幕府と藩との密接ぶりを考えるとあまりに無謀といえた。稲葉はその後老中を辞し、再び老中に就いた慶応二（一八六六）年、松平権十郎に改革派の陳情について質問する。権十郎は、そのような陳情がなされていることに大きな衝撃をうけ、ひそかに調査をすすめる。時あたかも、第二次長州征伐（慶応二）に失敗し、佐幕一辺倒でやってきた松平・菅ら主流派は大きな打撃をうけていた。


二つに、藤沢周平は「大ざっぱに言えば」といっているが、国学、蘭学派と旧来の儒学派の対立ともいうべきもので、文久初期には、この対立は公武合体派と佐幕派というかたちの、藩内政治勢力の主導権争いにからまっていった。

公武合体論支持派（改革派）は、二つの流れから形成された。

一つは、淡路出身の国学者鈴木重胤が、平田篤胤から直接指導を受けるために秋田に赴いたことがきっかけで、何度も庄内を訪れ、熱烈な尊王思想をひろめていったことである。

とくに領地大山村の年寄役で酒造家大滝光憲（三郎）は、照井長柄（町医）、広瀬巌雄（米商、丁卯の大獄に連座）、星川清晃（庄内藩給人、国学者、のち出羽三山神社二代目宮司）、秋野庸彦（国学者）らとともに鈴木重胤の門下となり、「賢木舎《さかきのや》」を組織した。古事記、日本書紀、万葉集などからわが国固有の文化、精神を明かそうとする国学思想を学び、佐幕に固執する庄内藩の方針に批判的になっていった。また、儒学（徂徠学）を藩学の中心とする方針ともその点で対立した。

鈴木重胤は篤胤の跡を継いだ銕胤らと不和が生じて破門され、文久三（一八六三）年、刺客に暗殺される。廃帝の故事を調査したため尊皇派が報復したのではないかといわれる。もう一つは、江戸詰めや江戸遊学で広く世間の事情を知り、政局の動向に関心を抱いた者たちである。

上野直記は、嘉永三年に江戸定府を命じられ、万延元年に用人となった。漢学に秀で、江戸在勤中は旗本や他藩の子弟の教育にもあたったという。嘉永・安政の激動期に江戸に住み、天下の動向に通暁するだけでなく、尊王精神に厚く、公武合体論を支持し、大山庄太夫とは肝胆相照らす仲だった。嘉永六年に改革派が老中阿部伊勢守に提出した陳情書を起草した。

服部毅之助は、江戸在勤中に勝海舟の門に入り西洋兵学を修めた。赤沢隼之助は御台場詰を経て藩命により海軍操練所に入所し、軍艦操練に当たるとともに勝海舟の塾で蘭学を学び、江川太郎左衛門の塾では砲術を学んだ。

深瀬清三郎は価値目付から江戸留守居書役に転じた。大山庄太夫と結び、分家旗本酒井大膳付となって老中阿部正弘への陳情書提出に尽力した。池田駒城は足軽家の二男だったが、江戸にのぼって安積艮斎に漢学を学び、長崎に遊学するなど天下の情勢をつかもうとした。安積塾で同門の庄内出身の志士清河八郎と親交した。

彼らは、国もとの佐幕一辺倒の政策に批判的であり、大山庄太夫を通じて酒井奥之助や酒井右京の両敬家、松平舎人の近くに集まり、反佐幕ということで庄内の国学を学ぶ者とも結びつくことになった。

『回天の門』に池田駒城と清河八郎が連れ立って大山庄太夫をたずねる場面がある。大山は留守居役を解かれて用人になっていたが、訪れる人も多く、せわしなく働いていたが、帰るまぎわ、「荘内も、昔のように徳川ばかりではやっていけません。それでは時勢にとり残されます。これからはあなた方のような、若くて頭も働く人たちの出番ですな」と言う。以下は、大山邸を辞してのちの一コマである。

しかし失敗に終った天保改革前後から、幕府の威信は次第に衰え、相対的に各藩の発言力が増してきたことは否めない事実だった。二百年来、徳川の藩屏たるべきことを祖法としてきた荘内藩の中にも、そういう情勢を把握して、盲目的な徳川一辺倒の姿勢を改め、新しい時勢に対処すべきだとする考えが出てきていた。

前藩主忠器はその考えを理解したが、若い現藩主はその考えを認めなかった。藩主忠発の考えの中には、かたくななまでに二百年来の祖法が息づいている。

池田はそう説明し、さっき大山が言ったのはそういう意味だと言った。

それで八郎は、荘内藩にいま何が起こっているかを知り、大山や池田が置かれている立場を理解したが、それは結局藩内の内紛ではないかという気もしたのだった。それで、池田の言葉にちらつく誘いには乗らず、その後大山をたずねるようなこともしなかった。八郎には、やはり自分は藩内部の人間ではなく、外側にいる人間だという気持が強かったのである。

ただそのあと、八郎は藩内二派の動きに無関心ではいられず、時どき藩の人間に会うとその後の様子を聞いた。

これによれば、池田は八郎を庄内藩改革派に引き入れたい意向もあったことになるが、真偽は定かでない。八郎は文久三年四月、江戸麻布一の橋橋で斬殺され、実現することはなかった。

こうして、「丁卯の大獄」へと向かうことになる。

慶応へと元号が変わるころから諸物価が急騰した。とくに第二次長州征伐（慶応二年）は諸層に大きな負担となり、生活苦がひろがった。

庄内領大山村の醤油問屋丸屋才兵衛は、「神武天皇様以来前代未聞珍敷値段と相聞候」と『値段上下控帳』に書き付けた。じっさい、慶応二年の米価は、鶴ヶ岡相場で金十両で二俵九分と前代未聞の高値になった。江戸の物価で見ると、安政六（一八五九）年から慶応末までの九年間で、米は三・七倍、水油四倍、繰綿四・三倍、搾粕四倍、干鰯三倍という高騰ぶりであった。

一揆が各地で起きた。慶応二年八月、越後で打ちこわし発生の報を聞くと庄内藩は領内への波及を恐れ、鼠ヶ関口、小国口を警固した。領内も八月の大風によって凶作となり、応急対策も窮民は満足せず、九月から十月にかけて年貢免徐、減税救助の嘆願で農民たちが寄り合い、一触即発の状況が生まれた。

この動きの背後に改革派の煽動があるとの噂がたち、藩執行部は直後に、主流派を捕縛した。逮捕、処分は次のようだった。斎藤正一『庄内藩』から引いてみる。

第二次長州征伐の失敗は佐幕一辺倒でやって来た松平・菅らの主流派にとって大きな打撃であり、藩内に政策批判の起ることを恐れ、十月二十八日から酒井右京出入の医者で改革派の集会場になっていた五日町の日下部宗伯を皮切りに宗伯の書生吉田駒太郎、御徒探瀬清三郎、大山庄大夫、御徒隠居水原寛兵衛、馬医佐藤収蔵、御徒斎藤茂大夫、飛脚船戸の金次郎、国学者広瀬厳雄、服部毅之助、赤沢隼之助、加藤五三郎（逮捕前に自殺）、池田駒城、酒井右京、松平舎人らを逮捕あるいは監禁あるいは謹慎に処し、取調べを開始した。取調担当家老は前年蝦夷地から帰還した酒井玄蕃了明が命ぜられた。大山庄大夫は自宅監禁に処せられたが雪隠の中で覚悟の自殺を遂げた。庄大夫は事件の中心人物であったので、死骸は埋葬を許されず塩漬けにして自宅の庭に仮埋めにし足軽に交代で監視させた。取調べが進むにつれて養父の右京が首領であることが明白となったので、了明は出席せず辞任し、中老朝岡助九郎が代った。

断罪は慶応三年（一八六七）九月十一日に行われ、処罰は家族や親類にも及んだ。

安国寺江寺入之上切腹被仰付　　　　玄蕃隠居　酒井右京

高之内八百石減御家老職取上残七百石は嫡子吉弥下さる隠居禁足　右京養子　酒井玄蕃
弐百石減隠居禁足　奥之助嫡子酒井権七郎
御役御免　穀之助本家　服部純蔵
千石被下置家格先規之通　権七郎嫡子　酒井正太郎
千五百石之内減七百石被仰番頭　玄蕃嫡子　酒井吉弥
御用人御免弐拾人御扶持方被召上親類江御預　舎人嫡子　松平源四郎
断絶　直記跡　上野専右衛門
知行召上親類江御預厳重押込　庄大夫跡　大山春治
八十石之内四十石減　庄大夫兄弟　服部和助
斬罪　大山庄大夫死骸
死罪　御徒　深瀬清三郎
同　御町医　日下部宗伯
永牢　永原寛兵衛
同　池田譲助(駒城)
同　馬医　佐藤収蔵
同　権七郎家来　斉藤茂太夫

親類江御預厳重押込　清三郎伜　深瀬廉之助
同　御用達糸屋　広瀬幽助(厳雄)
隠居弐捨石減嫡子鐘蔵江　五三郎親　加藤四郎
御擬被召上慎ミ　玄蕃次男　酒井馬之助
隠居禁足　舎人次男　高力五郎右衛門
服部正蔵へ御預　純蔵伯父　服部毅之助
親類江御預厳重被仰付　吉田駒太郎
死骸取捨嫡子二男十五才ニ罷成候ハバ申上候様　赤沢隼之助

以上のようになっている。改革派の中心でもあった酒井奥之助と上野直記は慶応元年に病没しており、処分はその跡目に対しておこなわれている。改革派の中心といえる両敬家の酒井右京、酒井奥之助や松平舎人への処分はいささか甘く、死骸へ斬罪を申し渡すなど極刑に処した大山庄太夫を「主犯」としたことがうかがえる。末尾の、十五歳になったら刑を言い渡すといわれた赤沢隼之助の二男は、哀れである。刑を言い渡されるために十五までを生き、その先に夢を描けない人生を、果たして生きるといえるのだろうか。その残酷に値するほどの罪を彼は犯したのだろうか。

家来をその家の者として数えると、改革派は十四家になる。藤沢周平の「十四人目の男」は、根拠なく十四家としたのではない。小説のように、二歳の子をふくめた一家全員斬殺ほどのおぞましさではないとしても、弾圧は苛烈で尋常ではない。

つくられた風土、抗う意志

事件のタブーが打ち破られたのは、郷土史家阿部正巳による『荘内藩幕末勤皇秘史』(「山形新聞」昭和九―十年)によってだといわれる。高島真『雲井龍雄庄内藩探索紀行』(前出)によれば、大山庄太夫と行動をともにした上野直記の孫の屋敷から、昭和になって当時の真相を物語る多くの文書が出てきて、阿部がそれを預かり、『荘内藩幕末勤皇秘史』にまとめたとのことである。

一方、事件に連座した庄太夫の弟服部和助の孫に石井親俊という人物がおり、小さいころから大伯父庄太夫の話を聞いて育ち、いつか無念を晴らしたいと思っていた。第二次大戦末期に阿部を訪ね、話を聞くとともに阿部から大冊の原稿を借り、出版の機会を探したがかなわず、戦後、原稿を鶴岡市立図書館に寄贈した。しかし、初一念を貫き、一九六七年、『維新前後に於ける荘内藩秘史』（壱誠社）を出版した。

著書の冒頭に大川周明の序文がある。もともと、阿部の著作を出版するためにもらったものだったが、了解を得て転載することとわっている。「戦前の庄内藩ご家禄派が全盛の時期に、大川周明が郷土庄内の幕末史をどう評価していたかを知る格好の文章」と高島は著書で述べている。


慶応三年丁卯の荘内藩大疑獄は、予が荘内中学校の生徒だった少年時代に耳にした。こまかい説明をしてくれるものはなかったが、首魁大山庄太夫の屍体が塩漬けにされ、ほどへて髯谷地《ひげやち》の刑場で腰斬りの刑に処されたと聞き、支那の古代には珍しくはないが、日本では希有《けう》の残虐事件だと戦慄したのを記憶している。

のちに、白井重士翁からこの事件の内容をうけたまわった。それによれば、従来藩主暗殺を企てた大反逆人とだけ聞かされていた松平舎人、酒井右京（吉之丞）、酒井奥之助、大山庄太夫らの一派は、実は公武合体論者で、この目的にそう藩主を擁立しようと企てたが、ことは未然に露見し、佐幕派から徹底的に掃討されたというのであった。

予は、大なる興味をもって翁の語るところを聞いた。

明治維新ののち、庄内を指導した人々が公武合体派を殲滅《せんめつ》し去った佐幕派であるため、大疑獄の真相はなにごとも発表されず、古老もこの事件にふれることさえ遠慮するわけも、はじめて明らかになった。

それなのに最近、大山庄太夫の子孫である服部剛治、石井親俊両氏の来訪をうけ、阿部正己氏執筆の『荘内藩幕末勤王秘史』の原稿を示された。これは、丁卯の大疑獄をもっとも忠実に叙述したもので、一読し積年の雲霧は一朝にして消散するのをおぼえた。

犠牲となり、恨みをのんで地下に眠る英霊は、この書の公刊ではじめて慰められることであろう。予はいろいろな意味でこのたびの刊行をよろこび、求められるままに蕪辞《ぶじ》をつらねた。


出てくる白井重士翁は陸軍少佐で、父重遠が庄内藩新徴組取扱役、松ヶ岡開墾組頭をつとめた。重士は、おそらく父親から「丁卯の大獄」について聞かされたのだろうが、松ヶ岡開墾組頭といえばご家禄派であろうし、じっさい西田川郡西郷村の村長も務めている。その人物が「丁卯の大獄」に不審をもっていたことになるので、なかなか意味は深長である。いずれにしろ、戦争末期はもとより、一九六七年にもこの「序文」が有効である状況が、庄内藩をめぐっては存在していたといえるだろう。

山形県鶴岡市は、二一世紀になっても、「今もなお殿と呼ばれることありてこの城下町にわれ老いにけり」と歌に詠まれる土地柄である。二〇〇三年の宮中歌会始で、召人に選ばれた酒井家の第十七代当主忠明《ただあきら》が詠んだ。彼の病没後、この歌碑が鶴岡公園（鶴ヶ岡城跡）に建立された。酒井家は、かつて鶴ヶ岡城中三の丸に建てられた藩主隠居後の住まいあとに、規模こそ小さくなったものの今もあり、暮らしがいとなまれている。

藩主だけでなく、上中家士の住まいだった馬場町、家中新町といったところには、屋敷区画や塀囲い、そして幾代もそこに住まう人が醸す一種の空気が時代をしのばせる。戦災にも遭わず、また、道路整備などの大きな工事もそれほどなく来たことによるが、町の変わらなさは、鶴岡を独特の空気で包んでいるようである。

しかしそれは、けっして自然の作用によるものではない。

二一世紀にもなお、「殿」と呼ぶ少なくない人たちがいて、つくられたものである。本章の冒頭で菅実秀についての説明に、菅が維新後も「士族救済のための松ヶ岡開墾をはじめ銀行、米取り引き、製糸などの事業を興す」とあることを紹介したが、「殿」と呼ぶ風土は、ただ精神的な結びつきを象徴するのではなく、きわめて実利実益と結びついたものとしても形成されてきたのである。

戊辰戦争の敗北にもかかわらず、西郷隆盛の寛大なはからいで家名存続を許された庄内藩は、明治元（一八六八）年十二月と翌年六月の、会津若松と磐城平への二度の転封命令を一度目は中止、二度目は献納金を積んでのがれた。明治四（一八七一）年の廃藩置県では、全国に政府任命の県令が就任して中央集権が進んだが、大泉藩と改称していた庄内は大泉県から酒田県（第二次）へと合併もしてひろがり、二十三万五千石分を旧藩の幹部が握った。大参事松平親懐、権参事菅実秀以下、県の官僚はすべて旧庄内藩士だった。薩摩・鹿児島とともに特別扱いで、西郷の配慮によるものといわれたが、同時期に旧庄内領で政府直轄地となっていた一帯で起きた、「天狗騒動」と呼ばれた税制改革運動の鎮圧のために軍事力が必要とされたという背景も指摘されている。そのため、「天狗騒動」そのものが旧庄内藩勢力によるものではないかといわれている。

いずれにせよ、こうして旧藩支配勢力が新しい時代にも力を保持することになった。「義民が駆ける」の章で「ワッパ騒動」に触れたが、松平親懐と菅実秀は、米価高騰期に正米納を強制するなど県独自の措置をとって横暴をきわめた。一揆は、権力を恣にする旧勢力への敢然とした異議申立であり、抵抗であった。また、新徴組や新整組などに組み入れられて開墾に従事した藩士たちからも、一揆に加担する者が出た。

農民側の勝利となったワッパ騒動や、西南戦争による西郷の死によって頼るべき後ろ盾を失った菅実秀は、明治政府のなかにもはや人物はいないとして、華族は東京に住むことを義務づけられていた政府の命令を無視し、ドイツ留学帰りの旧藩主兄弟を病気を口実に帰郷させ、また東京で勉学するなどしていた旧藩士もことごとく庄内の地に召還した。政府と断絶する鎖国的方針をとって、旧藩主を中心に、菅実秀の指導に従う者が一致団結した。より明確な「御家禄派」の形成である。

彼らは、酒井家の資産とさまざまな手段で土地を集積し日本一の大地主となった本間家などと手を結んで、積極的に経済界に進出した。松ヶ岡開墾にいっそう力を尽くし、酒田米穀商会、第六十七銀行を設立し、酒田米穀取引所、山居倉庫を開設する等、封建的主従関係を基本とした県内経済の振興をはかった。教育や政治にも進出し、主要なポストを占めた。

御家禄派のあいだでは、依然、儒教教育が継続され、殿のため、お国（庄内）のためという藩士意識が保持されたが、それは、彼らに対抗する人や考え、行動を、ときに暴力的に排斥することにもなった。山居倉庫の専横に対抗して産業組合が農業倉庫を設立しようとしたときの妨害については先に触れた。鶴岡米穀取引所を創設し、町会議員や郡会議員を務め、御家禄派に対して町方勢力を結集した平田安吉の遺徳碑の建立が、彼らによって設置場所を変更させられ、建設も遅延されたことは地元では知られた話である。

三百年にもおよぶ酒井家の庄内支配は、それ以前の最上家支配の肯定的評価の文献、史料の隠滅を可能にし、また、酒井家支配の苛政ぶりを史料から黙殺、隠蔽、改ざんしていたとしても不思議ではない。本間家についても同様であると指摘し、庄内の地域史を見る際には史料的制約を前提に考える必要があるという声もある（三原容子「公益考（二）——荘内地域史の取扱いについて」、『東北公益文科大学総合研究論集』第一二号、二〇〇七）。権力者にとって「不都合な真実」がどのような扱いを受けるか、かつてのことと眉をひそめているだけではすまない。

酒井、本間を賞賛し、それに対抗的な人々や運動を貶める言葉で表現する文献は、史書、小説、エッセイを問わず今日にまで続いて出版されている。御家禄派関連の諸企業は、戦中戦後も活動を継続し、戦後の農地改革で大部分の農地を失った本間家も、一九九〇年に主軸企業の本間物産が倒産するまで多種な領域で影響力を保持した。経済、政治の世界はもとより教育、文化など諸分野に、「殿さま」風土が息づいてきた。庄内地域の他地域には見られない「連続性」は、こうしてつくられてきたのである。

もちろん、これに抗する人々の運動、歴史研究もつづいてきた。ワッパ騒動に起ちあがった人々はやがて自由民権運動へと合流し、今日に脈々と流れる庄内地方の革新的伝統をつくりあげてきた。酒井、本間の業績に集中する史料に対置して歴史の真実を問うこころみは、それだけ実証的で、勇気も要ることだが、その責めにこたえて数は少なくとも良質な史書が著されてきた。

生前の藤沢周平が幕末維新の庄内は書きにくいというのを、私も直接聞いたことがある。いまあらためてその言葉を思い出すとき、書きにくいのは、少なくとも酒井、本間への賞賛の言葉で行を埋めることができなかったからだろうと思いは至る。

人間の真実に、あるいはその美しさに、胸ふるえる思いを言葉に乗せて表現しようとした一人の作家は、歴史事実に対してどこまでも真摯であろうとしたのだった。

心ばえとつつしみと

――四人の女性たち

邦江——「女人剣さざ波」

「女子は心ばえですよ。邦江は私が見込んだとおり、申し分ない嫁です」

母はそう言うが、浅見俊之助の屈託は晴れない。母上の嫁でなく、それがしの嫁ですからな、と心中で毒づく。姉が評判の美人だったから、その妹なら、と貰ったのが失敗だったと、結婚して二年になるのに俊之助はうじうじと思っている。

そのいじけた心が茶屋遊びを誘った。勢力争いをしている藩の一方がそれに目をつけ、政敵の追い落としのために俊之助に探索を命じる。役目が終わり、政敵が藩政から退けられた夜、俊之助は果たし合いを申し込まれる。

青い顔をしてもどった俊之助から邦江は事情を聞く。相手の剣名の高さも知らぬほど剣に通じていない俊之助のこと、せめて一太刀というが、それは適わないと邦江は思う。邦江は代わって立ち合う。邦江は女剣士として知られ、「さざ波」の秘剣を伝授されていた。

小さな波が岩を洗い、長い年月をかけて穴を穿《うが》つのに似た、執拗に右籠手《こて》を打つ邦江の剣は、ついに相手を倒す。手傷と疲れで石のように重くなった体を松の幹にもたせかけて茫然としている邦江のもとに、俊之助が駈けつける。

俊之助が、ひたひたと頬を叩くと、邦江はようやく眼をあけた。そして微かに笑った。俊之助が見たこともない、美しい笑顔だった。

背負って帰る途中、邦江は去り状をいただきます、と言う。
「許せ。おれの間違いだった」
俊之助は詫びる。

邦江は答えなかったが、俊之助は首に廻した邦江の手に少し力がこもり、首筋がおびただしい涙で濡れるのを感じた。

藤沢周平は、女性を美しく描いた。容貌、身形《みなり》ではなく、つつしみがあり、分を知り、しかし、いざというそのときには自分の考えをもって行動する女性の、心ばえの美しさを描いた。

路――「玄鳥」

代々物頭をつとめ二百石をもらっている路の家は、かつては人が寄り、明るい日射しに包まれていた。父が亡くなり、御奏者《ごそうじゃ》の三百五十石の上士の家から婿が入って跡目を継ぐと、家風が変わっていくのはやむをえない。帰ってきたツバメが門にかけた巣も、以前ならそのままにしていたが、新しい当主は取り払えと命じる。

路の父は家に伝わる兵法を何人か弟子をとって教えていたが、その一人に曾根兵六がいた。腕はたしかだが粗忽《そこつ》なところがあり、秘伝の剣「風籟《ふうらい》の型」の伝授も四分の三まできたところで打ち切られた。わずかの粗忽は不運をよぶ。腕を買われて討手《うって》を命じられるが、なぜか剣を振る場面に居合わさず、他の討手仲間は返り討ちに遭う。

滑稽でもあるその不始末に藩上層は業を煮やし、大坂の蔵屋敷へ役替えを言い渡して討手をかける。出発の前夜、路は兵六を訪れる。藩命とはいえあまりのなされよう、生きのびて欲しい、と路は言う。そして、兵六が絶体絶命になったときに伝えるようにと父が言い残したといって、「風藾の型」の残り四分の一を伝える。

高禄の武家の妻女が、下男連れとはいえ、ひとり住まいの男のもとを夜訪ねるのは、今とちがって勇気のいることである。不義を疑われると手打ちもやむをえない。路はそれを押して、一存で行く。

路が伝えたのは、剣技だけではない。父の心である。父がいて兄がいて、兵六がいて妹がいて、日射しをいっぱいに受けたあの日々である。そして、それに別れを告げた。ひとつの、それも大きな、時代が過ぎ去ろうとしているのだった。

けい——「泣くな、けい」

まっすぐな心ばえは、武士の家に奉公にあがる百姓娘とて変わらない。

御納戸《おなんど》奉行配下の相良波十郎の家に、けいは十五で奉公にあがった。三年たち、妻女が病身の湯治に出かけた留守に波十郎の手がつく。入り婿の窮屈さや痼癪持ちの妻に身を小さくしていた波十郎の、日ごろの反動からであったかもしれないが、けいの心はちがっていた。けいは、波十郎が不寝番につくときなどに妻女が男のもとへ通う不行跡を知っていた。

妻女が死去した数日後、波十郎が研《と》ぎのために預かっていた藩主家の短刀が紛失しているのがわかる。波十郎の妻が姦通相手にそそのかされて売り払っていた。隣藩の武士が購入していたが、藩を立てての公の交渉もできず、波十郎と奉行は家老とも相談して、けいを使いに出す。うまく取り戻せなかったら、とがめは波十郎だけにとどまらない。

けいが出発して十日、二十日。むなしく日が過ぎる。新藩主の国入りも迫ってくる。物盗りにでも遭ったかと思いだしたとき、けいがもどってくる。陽に焼けて髪は乱れ、着物は汚れ、全身汗みずくになって帰ってくる。

「旦那さま」

けいは波十郎を見上げると、叫ぶように言った。

「お刀を取りもどしてまいりました」

けいは、持ち主が江戸詰になったと聞き、隣藩から江戸へと三百里を歩き通して帰ってきたのだった。けいをそこまでにさせたのは、主命などという酷薄なものではない。

藤沢周平は、百姓娘の主人（武士）への一途な思慕をそのように描き、もしかするとそれは幕藩体制の身分制を超えるかもしれないと思わせるのである。

きえ――「隠し剣　鬼ノ爪」

片桐宗蔵もまた奉公人のきえに手をつけてしまった。母親が病気のために亡くなり、若い当主と奉公にあがっている百姓娘との二人きりになっても、三十五石の軽輩といえ、そういうまちがいの起きないのが武士の家だった。が、牢を破ったかつての道場仲間を討取りに行くという前夜、異常な精神状態がその禁をやぶった。

無事に仕留め、不埒な行為をはたらいた奉行を秘剣で討ち果たすと、宗蔵はきえに、誰かの養女にしてもらって嫁にもらうと言う。が、きえは泣きそうな顔で、自分には親の決めた人がいると打ち明ける。どうしてそれをあの時いわなかったのだ、はねつければよかったのに、と言う宗蔵に、きえは、でも、旦那さまが好きでしたから、と答える。宗蔵は、言葉ひとつにもきびしかった母親のしつけを思い、そういうときは好きとは言わないものだ、したうと言う、などと言いながら、困った、とつぶやく。知らない男の所へはやりたくない。まかせろ、いざとなれば夫婦の契りを結んでしまったと白状する、と微笑みながら乱暴にいう宗蔵に、きえは笑おうとして笑えず、おびえた表情になる。そして、

それでは親に叱られます、と泣くような声で言った。

つつしみやけじめというものが、生活と人生の片隅に凛然と生きていた時代の話である。

あとがき

本書は、ある講座で話したことがもとになっているが、「一茶」「海鳴り」の章は拙著『藤沢周平　志高く情厚く』(新日本出版社)、「回天の門」も同じく『鞍馬天狗はどこへ行く　小説に読む幕末・維新』(同)所収の当該部分を改稿改題した。「心ばえとつつしみと」は『女性のひろば』(二〇〇八年二月号)掲載のもので、本書のテーマとは少し離れるが収載した。

幕末維新を文学がどのように映しとってきたのかは、以前から関心を持ってきたテーマだった。とくに、「敗者」とされた側からは何が見えるのかを、自分のなかに積み上げてきた「正史」を批判、克服する意味でも、大切に思ってきた。本書は、そのような思いと、周平さんが庄内の幕末史は難しいと語っていたのがどうしてなのか、前々から探ってみたいと考えてきたこととがかさなっている。

二〇一一年三月十一日の東日本大震災・福島原発事故がなければ、あるいはちがうかたちになっていたかもしれない。三・一一はあまりに多くの、大きな問題を私に突きつけてきた。まだ十分整理できないでいるが、北辺に生まれたこともあるのか、福島はじめ被災地に足を運ぶたび、東北という地を愛おしむ気持ちがつよくなっている。

あの日の一週間前、私は山口県萩市にいた。泊まったホテル近くの公園に中原中也の詩碑があり、「帰郷」の一節が彫られていた。「あゝ　おまへはなにをして来たのだと……／吹き来る風が私に云ふ」に、私はとんでもない思いちがいをしていたことに気づかされた。ずっと、「おまえは何をしていたのだ」と覚えていて、故郷とはいいものだ、何をやってもあたたかく包んでくれる、中也もうれしかったろう、などと思っていた。そうではなく、故郷は、中也をきびしく叱責したのだ。

数日後、日本列島が揺れた。三陸の海が盛りあがって人々を襲い、福島原発が爆発した。

——あゝおまへはなにをして来たのだ——中也の詩句が、不意に浮かんだ。

現代は、幕末・維新期に劣らない激動と転換期にある。現代資本主義がそのままではもはや通用しないといわれるなかで、どのように新しい社会を構想し、実現するかをめぐって、超ナショナリストたちの動きはグロテストだが大きく速い。抵抗線はまだ十分でないように思える。構図はさながら、勢いに乗った薩長の西軍と列藩同盟のようにも見えるが、「勝てば官軍」などと言わせないために、さて、私たちに何が出来るか。

おまへはなにをして来たのだ——のちの時代や歴史の向こうからそう言われないように、あの時代も今の時代も、東北の人たちの悲しみは私たちのそれなのだから……、そのような思いを込めながら本書をまとめた。感想、意見をお聞かせくださるとありがたい。

本書は参考にした諸文献の著者諸氏、本の泉社のみなさん、第一読者とやさしいカバー画を描いてくださった浅井夏来さんに助けられて成った。記して感謝の意としたい。

二〇一五年五月

新船海三郎

関連年表

主な出来事

黒船来航以前
1792（寛政4）年　ロシア使節ラクスマン、根室に来航。大黒屋光太夫を送還する。松平定信は限定的な通商を考慮し、信牌を交付
1804年（享和4年、文化元年）　信牌を持ったロシア使節レザノフ、長崎に来航するが交渉不成立。この頃から鎖国は祖法であるとの認識が生まれた

文化・文政
1806（文化3）年　文化の薪水給与令
1806—1807年　レザノフの部下フヴォストフら、蝦夷地北辺を襲撃（フヴォストフ事

藤沢周平作品、庄内藩など

1763（宝暦13）年5月5日、小林一茶、信濃国水内軍柏原村に生まれる。15のとき（1778、安永2）江戸へ奉公に出る（「一茶」）

1793（寛政5）年　松平定信、沿海諸藩に海岸防備の強化を下命。庄内藩、海岸3か所に外国船見張番所を設置

1806（文化3）年　一茶、夏目成美に「貧乏句が多くなった」と指摘される（「一茶」）
5　脱藩していた土屋万次郎、立ち戻ったところを捕らえられ連行中、逃亡を図り甥の丑蔵に斬殺。5年後、万次郎の弟又蔵、仇討ちを仕掛け両者相討ち（「又蔵の火」）

件）。薪水給与令が撤回される
1808年　フェートン号事件
1811年（文化8）　ゴローニン事件。高田屋嘉兵衛を送還する
1816年　イギリス軍艦ライラ号・アルセスト号、琉球に来航
1818年（文化15、文政元）　イギリス人ゴルドン浦賀に来航
1824年　イギリス捕鯨船員、常陸大津浜に上陸、水戸藩に捕らえられる。イギリス捕鯨船員、南西諸島の宝島に上陸し騒動を起こす
1825年　異国船打払令
1828年　シーボルト事件

天保

1830年（文政13、天保元）　ナサニエル・セイヴァリーら白人5人とハワイ人25人が小笠原諸島に入植・移住民となる
1836年（天保7）　天保騒動（郡内騒動）
1837年　大塩平八郎の乱
　　　　モリソン号事件

1807（文化4）年　庄内藩、蝦夷地に出兵
1812（文化9）年　一茶、故郷へ帰る。翌年、争ってきた財産分割を認めさせる。「是がまあ終の栖か雪五尺」

1823（文政6）年　この頃より葛飾北斎「富嶽三十六景」の作成が始まり、1831（天保2）年頃から1835（同4）年頃にかけて刊行。発表時北斎72歳。歌川広重、1833（天保4）年から「東海道五十三次」を発表。「蒲原」の画を見た北斎、嫉妬し襲おうとする（「溟い海」）

「私はこれまで文化、文政、天保という時代を設定したものを書いてきているが、『囮』という市井ものを書いたとき……」
（藤沢エ「歴史のわからなさ」）
初期短篇には、「賽子無宿」「帰郷」「暗殺の年輪」など。幕末期を背景にしたものには、彫師伊之助シリーズ、「海鳴り」（文化10）、「割れた

1838年　徳川斉昭、『弘道館記』に尊王攘夷を示す（草案は藤田東湖）
1839年　蛮社の獄
1840年　アヘン戦争
1841年　天保の改革（大御所家斉死去、水野忠邦老中首座に）
1842年　天保の薪水給与令
1843年　イギリス軍艦サマラン号、八重山諸島に上陸し測量を行う

月」（文政10）、「唆す」（慶応2、「お粥騒動」）、「天保悪党伝」など

1840（天保11）年11月
庄内→長岡→川越→庄内の三方領地替えの命。庄内で藩士、豪商・町人、百姓一体の領地替え反対一揆起こる。翌年7月、幕命撤回
（「義民が駆ける」）

1841年9月頃　旗本神名家の末弟平四郎、剣道場開設話が壊れ、与助店に「よろずもめごと仲裁」の看板を掛ける
（「よろずや平四郎活人剣」）

1842年　庄内藩10代藩主酒井忠器隠居、嫡子忠発（31歳）11代藩主に。直後に家老・中老の両敬家（酒井奥之介、酒井吉之丞）、中老松平舎人ら忠発を廃して分家で徳川家旗本の酒井忠明を藩主にしようと画策するも露見、忠明は支藩松山藩へ幽閉

ここから新藩主と重臣層との深刻な抗争が始まる。時代が進むにしたがって、藩内抗争は次第に思想的対立の様相を見せる。両敬家、松平

弘化
1844(弘化元)年　フランス軍艦アルクメーヌ号、琉球に来航。宣教師を残す
1844年　オランダ国王ウィレム2世、親書(草案はシーボルト)を送り開国を勧告する。水野忠邦は開国を主張するも、他老中の賛同を得られず
1845年　サマラン号、長崎に来航。阿部正弘、老中首座となる。阿部により海防掛が常設職とされた。アメリカ捕鯨船（マーケイター・クーパー船長）、浦賀に来航。日本人漂流民を送還する

1846年　孝明天皇即位。アメリカ東インド艦隊司令官ビッドル、浦賀に来航し通商条約を求めるが、幕府は拒絶。

舎人ら改革派のまわりには、照井長柄、広瀬巌雄ら鈴木重胤に国学を学んだ勤王思想の人々、赤沢隼之助、服部穀之助ら勝海舟塾で蘭学を学んだ開明的な考えの人々が集まった。他に、江戸定府の用人上野直記、江戸留守居役大山庄太夫など、また身分は低いが、池田駒城、深瀬清三郎などは、天下の情勢に通じ、海外に対しても目を開いていた人々だった。

　一方、新藩主忠発側にも側近勢力が育った。例えば元治元年に江戸留守居添役、翌年本役に任ぜられた菅実秀に代表されるように、藩学である徂徠学の素養が身についた人物はいても、その中に新知識を身につけ、新しい時代を見通している人間は欠けていたようである。

　大ざっぱに言えば国学、蘭学派と、旧来の儒学派の対立ともいうべきものがあり、文久初期には、この対立は公武合体派と佐幕派という形の、藩内政治勢力の主導権争いに発展する。

（藤沢エ「庄内藩主酒井忠発の明暗」）

1846（弘化3）庄内藩清川村の郷士の長男清河八郎、後の天誅組総裁藤本鉄石と会い親交を深める（16歳）

清河八郎、翌1847年、江戸に出て古学派の東条一堂に師事。才を認められ東条塾塾頭を命ぜられたが、固辞。安積艮斎に転塾。その傍ら、北辰一刀流の開祖千葉周作の玄武館で免許皆伝、幕府の学問所昌平黌に学ぶ(「回天の門」)

嘉永

1849年(嘉永2) アメリカ軍艦プレブル号(ジェームス・グリン艦長)、アメリカ人漂流民救出のために長崎に来航。イギリス軍艦マリナー号、浦賀・下田に来航し測量を行う

1851年 ジョン万次郎、アメリカ船で帰国

1852年 オランダ商館長クルティウス、オランダ風説書にてアメリカ艦隊来航を通告し、それ以前にオランダとの通商条約を結ぶことを提案するが、幕府これを拒否

嘉永6年(1853年2月8日―1854年1月28日)

3 太平軍、南京占領。首都天京を定める

6　ペリー、4隻からなる艦隊を率いて浦賀に来航（黒船来航）
7　プチャーチン、4隻からなる艦隊を率いて長崎に来航
8ロシア軍艦、樺太クシュンコタンに上陸、兵営を焼く。幕府、江川英龍の指揮のもと、品川沖台場の築造を始める
10　オスマン帝国、ロシアに宣戦。クリミア戦争始まる（〜56）
11　ジョン万次郎を旗本格として登用、中濱の苗字を与える。徳川家定、十三代将軍に就任
12　プチャーチン、再来航

安政

嘉永7／安政元（1854年1月29日—1855年2月16日）
1　ペリー、再来航
3　日米和親条約調印。下田、箱館2港を開く。吉田松陰、米艦への密航を求め、捕らえられる。英・仏、ロシアに宣戦（クリミア戦争）
4　京都大火、禁裏炎上

嘉永7　庄内藩前藩主忠器死去
庄内藩、品川の五番台場の警備を命ぜられる

8　日英和親条約調印。長崎、箱館を開港
9月21日（1854年11月11日）幕府、オランダに蒸気軍艦2隻を発注（咸臨丸及び朝陽丸）
10　プチャーチン、再び下田に来航
11　東海地震津波のため、乗艦ディアナ号が大破、後に沈没、東海道筋甚大被害、翌日には南海地震津波で紀伊半島、四国に甚大被害
12　日露和親条約調印

安政2年（1855年2月17日―1856年2月5日）
1　幕府、洋学所を建てる
2　幕府、松前氏の居城付近を除く全蝦夷地を上知させる
3　プチャーチン、ディアナ号の代艦ヘダ号で日本を離れる
6　長崎にオランダ軍艦スムービング号来航（艦長ペルス・ライケン）。幕府に寄贈され、日本最初の蒸気軍艦となる（後に観光丸と改称）。幕府、江戸湯島大小砲鋳立場で洋式小銃の鋳造開始。諸大名・旗本に洋式銃の訓練を命じる
10　安政江戸地震（安政の大地震）。江戸で

安政元年
12　清河八郎、三河町に学塾を開くが、半月もしないうちに焼失。その後一連の不運のはじまり
（「回天の門」）

町方死者4700人余。復旧事業費用等のため幕府の財政悪化の一因となる。幕府、長崎に海軍伝習所を設立
　12　日蘭和親条約調印
安政3年（1856年2月6日―1857年1月25日）
　3　パリ条約締結、クリミア戦争終結
　4　幕府、築地に講武所を開設。幕臣およびその子弟に剣術の他、洋式調練・砲術などを教授
　7　ハリス、米総領事として下田に到着
　10　広東水軍、広州で英籍船舶アロー号を立入検査
　12　徳川家定、島津斉彬（一橋派）の養女篤子と婚儀。
安政4年（1857年1月26日―1858年2月13日）
　5「セポイの反乱」勃発。下田協約を締結
　8オランダで建造された咸臨丸（最初の新造蒸気軍艦）、長崎に到着。咸臨丸で来日したへ

ンドリック・ハルデスの指導で長崎製鉄所の建設始まる
10ハリス、江戸城にて将軍家定に謁見し国書を渡す
12日米修好通商条約交渉開始
安政5年（1858年2月14日―1859年2月2日）
2　老中堀田正睦、日米修好通商条約の勅許を得るために入京
3　孝明天皇、条約勅許を拒否
4　井伊直弼、大老に就任
6　清国、列国と天津条約締結。日米修好通商条約調印。紀伊徳川慶福を将軍家定の継嗣に
7　井伊直弼、一橋派の徳川斉昭、徳川慶篤、徳川慶勝、松平慶永を隠居謹慎などに処す、安政の大獄の始まり。十三代将軍徳川家定、死去。幕府、海防掛を廃し、外国奉行を設置。初代5人は全員一橋派で、4人が短期間で解任された。日蘭、日露、日英修好通商条約調印。島津斉彬急死
8　朝廷、水戸藩に勅書を送る（戊午の密勅）

安政5
庄内藩改革派、藩主廃立に2度失敗した後、忠発の世子忠恕に望みを託し、忠発の隠退、忠恕の家督、酒井大膳の後見を策すが、忠恕は安政5年、20歳で急死
夏　開国・開港によってコレラ流行（庄内藩は翌年夏も）
この頃、庄内藩領に浪人者（悪者）がしばしば現れ金銭など強請

9　日仏修好通商条約調印。小浜浪士梅田雲浜、京都で逮捕。
10　徳川家茂、十四代将軍に就任
11　西郷隆盛、僧月照と入水、月照没

安政6年（1859年2月3日—1860年1月22日）
5　初代英国公使（着任時は総領事）ラザフォード・オールコック 品川に到着（6月12日批准書交換）
6　水野忠徳の策により小判の海外流出防止のため貿易専用通貨である安政2朱銀通用開始。しかし、ハリス、オールコックらの抗議によりわずか22日間で通用停止→幕末の通貨問題。神奈川・長崎・箱館を開港、露仏英蘭米5カ国との自由貿易を許可
7　日露国境策定交渉のために来日していたロシア海軍の軍人2名が殺害される。最初の外国人殺害事件
8　初代フランス公使（着任時は総領事）ギュスターヴ・デュシェーヌ・ド・ベルクール 着任。グラバー来日、長崎にグラバー商会設立。後に

討幕派を支援し、武器や弾薬を販売

10　吉田松陰、死刑。安政の大獄の最後の処分者

12　政字銀通用開始、最低品位の銀

万延

安政7年／万延元年（1860年1月23日―1861年2月9日）

1　日米修好通商条約批准書交換のため万延元年遣米使節が米艦ポーハタン号で出発。護衛名目で咸臨丸も渡米

3　大老井伊直弼、桜田門外で水戸・薩摩浪士らに殺される（桜田門外の変）。江戸城火災や桜田門外の変などの災異のため万延に改元

4　万延小判通用開始。金銀交換比が海外とほぼ同一となり、金の流出が止まる。

6　日葡修好通商条約調印（ポルトガル）

9　遣米使節帰国

12　米通訳ヒュースケン、暗殺される。日普修好通商条約調印（プロイセン）

9　幕府、蝦夷の直轄地を縮小し奥羽6藩に分与し、警備開拓に当たらせる。庄内藩、増毛、留萌、苫前、天塩の海岸線などを拝領。蝦夷地総奉行に改革派で亀ヶ崎城代に左遷されていた松平舎人を当てる（左遷人事の延長）

清河八郎、桜田門外の変に強い衝撃を受け、倒幕・尊王攘夷の思想を強める。事件を契機に、清河塾に憂国の士が集まりだす。その中には幕臣の山岡鉄太郎（鉄舟）・笠井伊蔵・松岡万、薩摩藩の伊牟田尚平・樋渡八兵衛・神田橋直助・益満休之助、同門であった安積五郎らがいる。また池田徳太郎・中村貞太郎・西川練造・村上俊五郎・石坂宗順なども交わる。清河を盟主として虎尾の会を結成。横浜外国人居留地を焼き討ちし、尊王攘夷の精神を鼓舞し、倒幕の計画を立てたが、幕府の知るところとなる

万延2年／文久元年（1861年2月10日―1862年1月29日）

2　ロシア軍艦ポサドニック号、対馬芋崎を一時占拠（ポサドニック号事件）。芋崎の永久租借を要求したが、約半年後に英国海軍の介入により退去。文久に改元

3　長崎製鉄所（現三菱重工業長崎造船所）完成。日本最初の近代工場

5　高輪東禅寺の英公使館、浪士に襲撃される（第1次東禅寺事件）。これをきっかけに英国軍艦が横浜に常駐するようになる。

8　露艦撤退、対馬事件落着

12　文久遣欧使節（開市開港延期交渉使節）、出発。幕府、水野忠徳を小笠原諸島に派遣、翌文久2年5月に領有宣言

文久2年（1862年1月30日―1863年2月17日）

1　公武合体派の老中安藤信正、水戸浪士ら6人に襲われ負傷（坂下門外の変）

2　公武合体の象徴として皇女和宮降嫁

4　土佐藩開国派吉田東洋、尊攘派の武市瑞

1861

清河八郎、罠にはめられ町人を無礼打ちして幕府に追われる。笠井・中村・西川らは捕縛され、後に獄死。妻蓮も捕らえられ、救出に奔走するも病を得て庄内藩邸で死去

山派に暗殺される。公武合体推進のため島津久光、藩兵1000人を率いて入京、朝廷に建議。挙兵計画の有馬新七ら久光の命で薩摩藩士に斬られる（寺田屋事件）。薩摩藩攘夷派一掃される

5　第2次東禅寺事件。英国公使館再び襲われる

7　一橋慶喜が将軍後見職、松平慶永が政事総裁職に任命される

8　江戸から京都へ向かう久光一行の通行を妨害したイギリス人4人が殺傷される（生麦事件）

閏8　文久の幕政改革。松平容保、京都守護職に任命される。参勤交代制度を緩和（3年1回出府など）

12　高杉晋作ら長州藩士10名、英国公使館焼き討ち

文久3年（1863年2月18日―1864年2月7日）

2　尊攘派、足利尊氏以下3代将軍木像を賀茂河原にさらす。英国代理公使ニール、幕府に

1862

8　庄内藩主酒井忠発、隠居し、家督を忠寛（忠器の13男、忠発の養子にして）に譲る。藩政から遠ざけられていた改革派は大いに期待するが、翌年、忠寛は死去（24歳）。忠発の第3子忠篤を末期養子として幕府の許可を得る

1863

諸国を回って討幕運動を続けていた清河八郎、山岡鉄舟らを通して松平春嶽（幕府政事総裁）に急務三策（①攘夷の断行、②大赦の発令、③

東禅寺事件と生麦事件の賠償金合計11万ポンドを要求。戦争になるとの噂が流れ、多くの日本人が横浜を脱出

3　徳川家茂上洛。将軍の上洛は徳川家光以来229年ぶり。壬生浪士（新選組の前身）結成。

4　徳川家茂、孝明天皇に5月10日をもっての攘夷実行を約束させられる

5　小笠原長行、独断で賠償金11万ポンド全額を支払い、戦争回避。同時に、攘夷令に基づき開港場の閉鎖と外国人の退去を文書で通告するが、口頭で実行の意志がないことも伝える。長州藩、下関で外国商船を砲撃（下関戦争）。小笠原長行、幕府陸軍1600人を率い、海路横浜を出発、武力上洛を目指すが、家茂の説得により入京を断念。家茂の江戸帰還が認められる

6　米国、フランス、下関に報復攻撃、上陸し一部砲台を破壊。高杉晋作ら奇兵隊を編成

7　薩英戦争

8　会薩同盟成立。天誅組の変。公卿中山忠光を主将とした尊皇攘夷派浪士がとして大和国で決起するが、9月に壊滅。8月18日の政変。

天下の英材の教育）を上書。2月、松平忠敏のもとに浪士組が結成される（234名）。徳川家茂上洛の前衛として清河は浪士組を率いて京都へ出発。到着した夜、目的は尊王攘夷の先鋒にあると述べる

清川、芹沢鴨・近藤勇らと袂を分かつも200人の浪士を得、朝廷に建白書を受納。幕府、浪士組を江戸へ呼び戻す

4　清河八郎、赤羽で刺客に暗殺

七卿落ち。京都から攘夷派が一掃される
9　土佐藩、武知瑞山ら尊攘派を投獄
10　薩英戦争の講和成立、賠償金2万5千ポンド支払い。この交渉を通じて、薩摩と英国が接近。生野の変。平野国臣等尊攘派浪士が但馬国生野で挙兵するも数日で鎮圧される
12　日本瑞西国修好通商条約調印（スイス）。一橋慶喜・雄藩諸侯（松平慶永、山内豊信、伊達宗城、松平容保、島津久光）ら朝議参与に任じられる（参与会議）

元治
文久4年／元治元年（1864年2月8日―1865年1月26日）
1　徳川家茂、再度上洛
3　参与会議瓦解。西郷隆盛、薩摩藩の軍賦役（軍司令官）に任命される。天狗党の乱。水戸藩執政武田耕雲斎を中心とし、横浜即時鎖港を求め挙兵（12月投降）
6　池田屋事件。長州藩、土佐藩などの攘夷派多数が新選組に斬殺・逮捕される

10　庄内藩、預けられていた新徴組169人を中心に江戸市中警備（他の12藩とともに）。統率は中老の松平権十郎（「江戸の団十郎、庄内の権十郎」）。菅実秀、郡奉行のまま藩政参与。松平、菅の両人が藩の実権を握る

「書き辛いということで、私がいま難物だと思っているのは、幕末の荘内藩の動きを指導した菅さんという人のことである。会津藩とならんで最後まで朝敵とされたこの私の郷里の幕末史は、ぜひ一度とりあげた異素材なのだが、その中心人物だった菅さんという人は、いまだに評価が分かれているところがあって、この人を書くには相当の覚悟が必要のようである」

（藤沢エ「書きにくい事実」）

7　佐久間象山暗殺される。薩摩藩・会津藩が長州藩を京都から駆逐。御所に発砲した長州藩が朝敵とされた。久坂玄瑞戦死、真木和泉ら天王山で自刃（禁門の変）

8　馬関戦争。英仏蘭米連合軍、下関を攻撃。長州藩敗北（但し、賠償金300万ドルは幕府が支払うことになる）

11　第1次長州征伐。征長軍参謀西郷隆盛の妥協案に基づき、長州藩、戦わずして恭順（3家老自刃）

12　高杉晋作、下関で挙兵（功山寺挙兵）。長州藩の藩論が倒幕に統一される

元治2年／慶応元年（1865年1月27日―1866年2月14日）

3　薩摩藩遣英使節団密出国

4　禁門の変や社会不安などの災異のために慶応に改元

慶応

5　土佐勤王党、弾圧される

1864

庄内藩、長州征討の旗本先鋒を命じられ、領内から郷夫らまで多数を江戸へ上らせる

年末　庄内藩改革派、老中稲葉美濃守に藩政改革の陳情書を提出

1865

雲井龍雄、米沢藩の江戸藩邸に出仕、上役の許可を得て安井息軒の三計塾に入門、塾頭に

（「雲奔る　小説・雲井龍雄」）

9　パークスの主導で英仏蘭3ヶ国艦隊、兵庫沖に来航。条約勅許と兵庫の早期開港を求める（兵庫開港要求事件）。家茂、長州再征の勅許をうける

10　朝廷、条約に対する勅許を出す。兵庫開港は認めず

慶応2年（1866年2月15日―1867年2月4日）

1　坂本龍馬の斡旋で西郷隆盛・小松帯刀と桂小五郎会談。抗幕のための薩長同盟成立

4　大久保利通、大阪城老中板倉勝静に征長の非と出兵拒否の書を渡す

5　幕府、英米仏蘭と改税約書（江戸条約）に調印。輸入関税の引き下げ、以降輸入が急増。西宮・大坂・堺・兵庫・江戸に打ちこわし

6　富士山丸等幕府艦隊の周防大島への砲撃が始まる。第2次長州征伐開始。しかし薩摩藩は出兵を拒否。武蔵一円で打ちこわし（武州一揆）。奥州信夫・伊達両郡で打ちこわし（信達一揆）。日白修好通商条約調印（ベルギー）

7　日伊修好通商条約調印。将軍家茂、死去

1866

庄内藩で米価高騰

8　ロッシュの仲介により、小栗忠順、フランスからの600万ドルの借款契約に成功。これを元手に幕府の近代化・軍事力強化を目指す

9　幕府、長州征伐の目的果たせず、講和成立。アメリカ船シャーマン号、通商を求めて大同江に侵入、撃沈される

11　フランス陸戦隊、江華城を焼き撃退される

12　徳川慶喜、十五代将軍に就任。孝明天皇没。日丁修好通商条約調印（デンマーク）。フランス軍事顧問団、横浜に到着。翌日から幕府陸軍の訓練を開始。

慶応3年（1867年2月5日—1868年1月24日）

1　明治天皇即位

3　徳川慶喜、各国公使を謁見（~29日）。兵庫開港を確約し、各国公使の信頼を得る。このとき、パークスのみが慶喜の敬称を「陛下」ではなく「殿下」とした

4　高杉晋作死去

5　徳川慶喜、四侯会議（松平慶永、島津久

8　越後で打ちこわしの情報。庄内藩への波及を防ぐために越後口を固めるが、台風による不作が重なり、藩の手当米にも満足せず、9月領民打ち寄り、減税と救済を求める

10　庄内藩、改革派の逮捕・弾圧を開始（丁卯の大獄）

1867

初春　雲井龍雄、庄内藩探索

光、山内豊信、伊達宗城）を制し、兵庫開港の勅許を得る。会議側の敗北を受け、薩摩藩は武力倒幕の方針を固める

6　土佐藩後藤・福岡・坂本・中岡らと薩摩藩小松・西郷・大久保ら大政奉還など薩土盟約7ヵ条を結ぶ。坂本龍馬、土佐藩参政後藤象二郎に大政奉還を含む船中八策を提示

10　土佐藩主山内豊範、大政奉還の建白書を徳川慶喜に提出。討幕の密勅が薩摩藩と長州藩に下る。徳川慶喜、政権返上を明治天皇に上奏（大政奉還）。朝廷、これを受けて、薩長に倒幕の実行延期の沙汰書を下す。徳川慶喜、征夷大将軍辞職を申し出るが、朝廷これを認めず。

11　坂本龍馬、中岡慎太郎暗殺される（近江屋事件）

12　王政復古の大号令、徳川慶喜の将軍職辞職を勅許、江戸幕府廃止。庄内藩兵1000、他1000余、薩摩藩江戸藩邸焼き討ち

慶応4年／明治元年（1868年1月25日―1869年2月10日）

1　鳥羽・伏見の戦い。戊辰戦争始まる。朝

雲井龍雄、米沢藩探索方として京へ

秋　庄内藩の隣藩・栗野藩（秋田・佐竹への備えとして庄内とともに北辺に配置。6万3千石）で次席家老以下13名およびその家族が「反逆罪」で斬罪（「十四人目の男」）

12　江戸城二の丸炎上

雲井龍雄、新政府から貢士（全国各藩から推挙された議政官）に挙げられる

廷、仁和寺宮嘉彰親王に錦旗・節刀を与える。薩長軍、官軍となる。徳川慶喜、大坂城を脱出、海路江戸に戻る。徳川慶喜追討令。旧幕府軍、朝敵となる。備前藩兵、各国外交団を銃撃。明治政府初の外交問題（神戸事件）。英米仏伊蘭プロイセン、局外中立を布告

2　徳川慶喜、江戸城を出て上野・寛永寺に謹慎。土佐藩兵、仏軍艦乗員を殺傷（堺事件）。勝海舟、陸軍総裁（後に軍事総裁）に任命され、幕府全権として新政府軍との講和を目指す

3　勝・西郷会談。パークスの圧力もあり江戸攻撃中止が決定。相楽総三ら偽官軍として処刑。5箇条のご誓文

4　江戸城無血開城。慶喜水戸へ退去。新政府軍、白河への攻撃を開始。会津戦争始まる

5　新政府、長岡藩の中立要請を拒否、北越戦争始まる。奥羽越列藩同盟成立。上野戦争。彰義隊、一日で壊滅

7　江戸を東京と改称。新政府軍、越後を平定

8　新政府軍、会津領内に侵攻

1868

2　菅、庄内一円を焦土にし、城を枕に倒れる覚悟を、と説く。藩主忠篤ら江戸を去る。帰国するや直ちに本間光美の献金で大量の西洋銃を購入、兵制も様式に編成替え

春　粟野藩へ、奥羽鎮撫総督九条道孝の使者が来る。14人の「感状組」のうち他の13家を裏切った格好で生き残った八木沢兵馬は、官軍に応じようとする藩主、家老の面前で使者を切り捨て、藩を幕府側に立つ以外に道のないようにする　（「十四人目の男」）

6　庄内藩、秋田藩を主力とする奥羽鎮撫軍と戦闘。雲井龍雄、薩摩藩の罪科を訴えた「討薩ノ檄」を起草、奥羽越列藩同盟の奮起を促すが、旧幕府勢力は敗れ、米沢にて禁固

明治

9　明治に改元、同年1月1日に遡って新元号・明治を適用。榎本武揚ら、開陽丸など旧幕府艦隊主力を率いて品川沖を脱走。ジュール・ブリュネらフランス軍事顧問団の一部もこれに同行。会津藩降伏。庄内藩降伏、奥羽越列藩同盟瓦解。本州での戦いが終了。スウェーデン、スペインと修好通商条約を調印

10　榎本軍、箱館府軍との間に戦闘開始。11月22日までに蝦夷地を平定

12　蝦夷共和国成立。諸外国、局外中立を解除。明治政府が日本の唯一の正統政府とみなされる。

明治2年（1869年2月11日―1870年1月31日）

1　横井小楠、京都にて暗殺される。薩長土肥4藩主、連署して版籍奉還を上奏

3　明治天皇、東京城に到着、「皇城」と称する。これより実質的に東京が首都となる

5　榎本武揚、新政府軍に降伏（戊辰戦争終わる）

9　庄内藩、降伏謝罪を決定

6　諸藩主の版籍奉還を許し、各藩知事（274人）に任命。公卿・諸侯を華族と改称
8　蝦夷地を北海道と改称
9　大村益次郎、襲われ重傷（11没）。オーストリア＝ハンガリー帝国と修好通商条約を調印

明治3年（1870年2月1日―1871年2月18日）
1　天皇に神格を与え、神道を国教と定めて、日本を祭政一致の国家とする国家方針を示した天教宣布の詔でる。山口藩諸隊兵士、藩庁を包囲（脱退騒動、2月、木戸孝允が藩兵を率いて鎮圧）

8　雲井龍雄、謹慎を解かれ興譲館助教となっていたが2ヶ月で辞任して上京、新政府から集議院議員に任じられるものの、これも1ヵ月ほどで辞任

2　雲井龍雄、東京・芝の上行、円真両寺門前に「帰順部曲点検所」なる看板を掲げ、脱藩者や旧幕臣に帰順の道を与えよと嘆願書を政府に提出。新政府に不満を持つ旧幕府方諸藩の藩士が集まっていたことから、これが政府転覆の陰謀とみなされ謹慎を命ぜられる。米沢藩に幽閉ののち東京に送られ、深く取り調べも行われず12月、小伝馬町の獄にて斬首。のち小塚原に梟首

（藤沢エはエッセイ、他は作品名）

主な参考文献（引用文献は本文中に記載）

歴史学研究会編『新版日本史年表』（岩波書店）
歴史学研究会編『日本史史料』3近世、4近代（岩波書店）
岩波書店編集部編『近代日本総合年表』（岩波書店）
永原慶二ほか編『大系日本の歴史』⑨⑩⑪（小学館）
遠山茂樹『明治維新』（岩波書店）
宮地正人『幕末維新変革史』上・下（岩波書店）
宮地正人『歴史のなかの新選組』（岩波書店）
宮地正人『歴史のなかの「夜明け前」』（吉川弘文館）
横山伊徳『開国前夜の世界』（吉川弘文館）
青山忠正『明治維新』（吉川弘文館）
原口 清『戊辰戦争』（塙選書）
星 亮一『奥羽越列藩同盟』（中公新書）
佐々木 克『戊辰戦争』（中公新書）
綱淵謙錠『乱』（中央公論社）
神谷次郎・祖田浩一『幕末維新三百藩総覧』（新人物往来社）
児玉幸多・北島正元編『第二期物語藩史　東北・北関東の諸藩』（人物往来社）
笹間良彦『復元江戸生活図鑑』（柏書房）
武士生活研究会編『図録・近世武士生活史入門事典』（柏書房）
志村有弘編『藤沢周平事典』（勉誠出版）
笹沢 信『藤沢周平伝』（白水社）

山形新聞社編『藤沢周平と庄内』正・続（ダイヤモンド社）
シナリオ作家協会監修『シナリオ　2003・1』（シナリオ作家協会）
シナリオ作家協会監修『シナリオ　2005・1』（シナリオ作家協会）
吉村英夫『山田洋次×藤沢周平』（大月書店）
シナリオ「武士の一分」（吉村英夫提供）
松竹株式会社編／発行『武士の一分』
信濃教育会編『一茶全集』（信濃毎日新聞社）
青木美智男『一茶の時代』（校倉書房）
小山松勝一郎『清河八郎』（新人物往来社）
高野澄『清河八郎の明治維新』（日本放送出版協会）
尾崎周道『雲井龍雄』（中央書院）
大瀬欣哉『城下町鶴岡』（庄内歴史調査会）
図録『庄内の歴史と文化』（鶴岡市史編纂会）
佐藤治助『ワッパ一揆』（鶴岡書店）
佐藤治助『森藤右衛門―自由民権の先駆者』（鶴岡書店）
佐藤誠朗『ワッパ騒動と自由民権』（校倉書房）
三原容子「ワッパ騒動研究史」（『東北公益文科大学総合研究論集』17）
ワッパ騒動義民顕彰会編『大地動く―蘇る農魂』（東北出版企画）
佐藤昌明『庄内ワッパ事件』（歴史春秋社）
安藤英男『菅実秀と庄内』（近代文芸社）
森鷗外『歴史其の儘と歴史離れ』（ちくま文庫）
大岡昇平『歴史小説論』（岩波書店）
尾崎秀樹『歴史文学論　変革期の視座』（勁草書房）

新船　海三郎（しんふね　かいさぶろう）

一九四七年北海道留萌郡小平町生まれ、大阪で少青年期を過ごす。新聞記者などを経て評論活動に。日本文芸家協会、日本民主主義文学会会員。

著書に『歴史の道程と文学』『藤沢周平　志高く情厚く』『鞍馬天狗はどこへ行く　小説に詠む幕末・維新』（以上、新日本出版社）、インタビュー集『わが文学の原風景　作家は語る』（小学館）、『史観と文学のあいだ』『人生に志あり　藤沢周平』『文学にとっての歴史意識』『作家への飛躍』『文学の意志、批評の言葉』『不同調の音色　安岡章太郎私論』『身を知る雨』、インタビュー集『状況への言葉　フクシマ、沖縄、「在日」』（以上、本の泉社）など。

思想・文化誌『季論21』（季刊）編集責任者。

藤《ふじ》沢《さわ》周《しゅう》平《へい》が描《えが》いた幕《ばく》末《まつ》維《い》新《しん》

二〇一五年七月四日　第一刷発行

著　者　新船海三郎
発行者　比留川洋
発行所　本の泉社
〒113-0033
東京都文京区本郷二-二五-六
Tel　03(5800)8494
FAX　03(5800)5353

印刷／製本　新日本印刷(株)

ISBN978-4-7807-1232-2 C0095 Printed in Japan